Au Pays des Papas

par LINKEDIN AND TOWN HALL ACHIEVER OF THE YEAR
NOMINÉ ENTREPRENEUR DE L'ANNÉE ERNST & YOUNG
GRAND HOMMAGE À LYS DIVERSITÉ
WORLD TOP100 DOCTORS

Dr. BAK NGUYEN, DMD

&

WILLIAM BAK

POUR TOUS LES PAPAS À TRAVERS TOUS LES PAYS ET TOUTES LES ÉPOQUES

par Dr BAK NGUYEN & WILLIAM BAK

Droits d'auteur © 2022 Dr BAK NGUYEN

ISBN: 978-1-989536-87-2

Publié par: Dr BAK PUBLISHING COMPANY
Dr.BAK 0106

AVIS DE NON RESPONSABILITÉ

« L'information générale, les opinions et les conseils contenus dans le présent support et/ou les livres, livres audio, podcast et les publications présentes sur le site web ou les médias sociaux de du Dr. Bak Nguyen (de son vrai nom Ba Khoa Nguyen) (ci-après les « Opinions ») présentent des informations générales sur différents sujets. Les Opinions sont uniquement destinées à des fins d'information.

Aucune information contenue dans les Opinions ne saurait remplacer l'avis d'un expert, une consultation, un conseil, un diagnostic ou un traitement professionnel. Aucune information contenue dans les Opinions ne saurait remplacer l'avis d'un professionnel et ne saurait être interprétée comme une consultation ou un conseil.

Rien dans les Opinions ne doit être interprété comme un conseil professionnel relié à l'exercice de la médecine dentaire, un avis médical ou toute autre forme de conseil, y compris un avis juridique, comptable ou financier, un avis professionnel, un soin ou un diagnostic, mais strictement comme de l'information générale. Toutes les informations contenues dans les avis sont fournies à titre informatif uniquement.

L'utilisateur en désaccord avec les termes du présent Avis doit cesser immédiatement d'utiliser les Opinions ou de s'y référer. Toute action de l'utilisateur en lien avec l'information contenue dans les Opinions n'engage que lui et est à son entière discrétion.

L'information générale contenue dans les Opinions est fournie « telle quelle » et n'est assortie d'aucune garantie, expresse ou implicite. William Bak et le Dr. Bak Nguyen (de son vrai nom Ba Khoa Nguyen) met tout en œuvre afin que l'information soit complète et authentique. Cependant, rien ne garantit que l'information générale contenue dans les Opinions soit toujours disponible, véridique, complète, à jour ou pertinente.

Les Opinions exprimées par le Dr. Bak Nguyen (de son vrai nom Ba Khoa Nguyen) sont personnelles et exprimées en son propre nom et ne reflètent pas les opinions de ses sociétés, partenaires et autres affiliés.

Dr. Bak Nguyen (de son vrai nom Ba Khoa Nguyen) exclut également toute forme de responsabilité pour le contenu auquel renvoient les éventuels hyperliens inclus dans les Opinions.

Demandez toujours l'avis d'un expert, d'un médecin ou d'un autre professionnel qualifié pour toute question relative à votre situation ou condition médicale. Ne négligez jamais l'avis d'un professionnel et ne tardez pas à le demander en raison de ce que vous avez lu, vu ou entendu dans les Opinions. »

À PROPOS DES AUTEURS

Du Canada, le **Dr Bak NGUYEN**, nominé Entrepreneur de l'année Ernst & Young, Grand Hommage à Lys DIVERSITÉ, LinkedIn et TownHall, Achiever of the year et TOP100 docteurs du monde. Le Dr Bak est un dentiste cosmétique, PDG et fondateur de Mdex & Co. Son entreprise révolutionne le domaine dentaire. Conférencier et motivateur, il détient le record du monde d'écriture de 100 livres en 4 années, accumulant de nombreux records mondiaux (à être officialisés). Ses livres couvrent les sujets:

- **ENTREPRENEURSHIP**
- **LEADERSHIP**
- **QUÊTE D'IDENTITÉ**
- **DENTISTERIE ET MÉDECINE**
- **ÉDUCATION DES ENFANTS**
- **LIVRES POUR ENFANTS**
- **PHILOSOPHIE**

En 2003, il a fondé Mdex, une entreprise dentaire sur laquelle, en 2018, il a lancé l'initiative privée la plus ambitieuse afin de réformer l'industrie dentaire à l'échelle du Canada. Philosophe, il a à cœur la quête du bonheur des personnes qui l'entourent, patients et collègues. En 2020, il a lancé une initiative de collaboration internationale nommée les **ALPHAS** pour partager ses connaissances et pour que les entrepreneurs et les professionnels dentaires puissent se relever de la plus grande pandémie et dépression économique des temps modernes.

Ces projets ont permis au Dr Bak d'attirer les intérêts de la communauté internationale et diplomatique. Il est maintenant au centre d'une discussion mondiale sur le bien-être et l'avenir de la profession de la santé. C'est à ce propos qu'il partage ses réflexions et encourage la communauté des professionnels de la santé à partager leurs histoires.

> "Ça ne vaut pas la peine de marcher seul! Ensemble, on peut y arriver."

Pour soutenir la créativité et le partage de la sagesse et la croissance personnelle, le Dr Bak dirige également l'avancement de l'Intelligence artificielle chez Emotive Monde Incorporé. En intégrant l'intelligence artificielle, le design et l'édition à son flux de production, Emotive Monde est un leader mondial dans les univers de publication et de production d'histoires et de livres.

Les livres édités sont distribués par Amazon, Barnes & Noble, Apple Livres et Kindle. La société produit aussi des livres audio, nouvellement intégré en format combo pour les achats de copie papiers distribuées par Amazon et Barnes & Noble.

Sous la direction du Dr Bak, Emotive Monde a lancé le protocole Apollo, permettant aux auteurs d'écrire des livres en 24 heures de temps de travail, le protocole Echo, pour produire des livres audio comme celui-ci, et également de créer et de produire des blockbusters de livres audio, **U.A.X.** (Ultimate Audio Experience) en streaming sur Apple Music, Spotify et tous les principaux distributeurs musicaux.

Le Dr Bak, avec son implication dans Emotive Monde, encourage la voix individuelle des auteurs du monde et les aide à atteindre leurs marchés et leur public. Oui, le Dr Bak est un auteur, mais à travers Emotive Monde, il est également une maison d'édition et un studio de production.

Conférencier motivateur et entrepreneur en série, philosophe et auteur, de ses propres mots, le Dr Bak se décrit comme un dentiste par circonstances, un entrepreneur par nature et un communicateur par passion.

Il détient également des distinctions du Parlement canadien et du Sénat canadien.

Du Canada, **William Bak**, est un jeune prodige de 11 ans. À l'âge de 8 ans, il a co-écrit une série de livres pour enfants avec son père, le Dr Bak. Père et fils, ensemble, ils changent le monde, un esprit à la fois, en écrivant des livres pour enfants. William a, jusqu'à présent, co-écrit 28 livres.

Il a co-écrit les 11 livres de poulet en ANGLAIS, puis il a dû les traduire lui-même en FRANÇAIS. C'est ainsi qu'il a 22 livres de poulet. William a également co-écrit 2 livres sur l'éducation des enfants avec son père, **THE BOOK OF LEGENDS** volume 1, 2 et 3. En pleine crise sanitaire mondiale, William a de nouveau joint forces avec son père pour écrit un livre sur la vaccination, cette fois-ci encore, dans les 2 langues, Anglais et Français. Ce livre a aussi été traduit en Espagnol.

En 2022, William a co-écrit avec son père les 2 premiers livres de la nouvelle franchise de 9 livres : LEGENDS OF DESTINY. Il a aussi co-écrit la franchise des contes de Noël, AU PAYS DES PAPAS qui comprend 2 livres. Entre temps, William a aussi écrit son premier livre solo, PAPA J'SUIS PAS CON.

Pour promouvoir ses livres, William a embrassé la scène pour la première fois en 2019 pour parler à une foule de plus de 300 personnes. Depuis, il est apparu dans de nombreuses entrevues pour parler de ses livres et projets à venir.

Au milieu du COVID, il s'est ennuyé et a commencé son YOUTUBE CHANNEL: **GAMEBAK**, passant en revue les jeux vidéo. Fin 2020, il a rejoint les ALPHAS en tant que plus jeune animateur du prochain mouvement mondial, **COVIDCONOMICS**, dans lequel il donnera son point de vue et accueillera les opinions de sa génération.

> "Je vais vous montrer. Je ne vais pas vous forcer.
> Mais je ne vous attendrai pas."
> - William Bak and Dr. Bak

En Écrivant avec son père, William détient des records du monde à officialiser:

- Le plus jeune auteur qui a écrit dans 2 langues
- Co-auteur de 8 livres en un mois
- Le premier enfant à avoir écrit 24 livres pour enfants

Au Pays des Papas

par Dr. BAK NGUYEN & WILLIAM BAK

INTRODUCTION

par Dr BAK NGUYEN

Cela va faire maintenant près de 2 mois depuis que William et moi avons commencé notre nouvelle aventure ensemble, **LEGENDS OF DESTINY**. Non, ce ne sera pas 1 livre, pas 2, mais bien une question de trilogies. J'ai dit trilogies au pluriel parce qu'on a déjà 3 trilogies en tête. 3 trilogies, c'est 9 livres!!!

En plus du nombre intimidant de livres à écrire, c'est aussi une nouveauté pour moi. Cette fois-ci, on écrit carrément de la fiction ensemble. Si pour la première phase de ma carrière en tant qu'auteur, j'ai écrit sur la philosophie, la croissance personnelle, les affaires, la médecine, l'éducation des enfants, j'ai écrit en me référant sur ce que je vivais.

Depuis que William est entré dans son adolescence, ses hormones ont non seulement changé son corps, mais aussi sa vision et ses intérêts. 2 ans auparavant, nous avions essayé de lancer une nouvelle franchise, **ANGES & DÉMONS** sur les mêmes prémisses. L'idée était bonne. les hormones n'y étaient pas. Le projet a sombré dans l'oubli et l'échec très rapidement, malgré les mois d'intenses préparations pour son lancement.

J'ai pris un risque énorme avec **LEGENDS OF DESTINY**. Cela m'a pris près d'un an de préparation pour constituer les mondes, les univers et les personnages. En effet, l'histoire se passe autant dans le cosmos qu'entre 2 planètes, la Terre et Destiny. Dieux, anges, démons, elfes, orcs, humains, assassins, rois, empereurs, esclaves, les personnages ont été créés un à un pour meubler cette nouvelle fresque.

Nous avons créé plus de 500 personnages avec leur portrait, passé et motivation. Nous avons aussi créé 2 bandes annonces vidéos de style Hollywoodien pour lancer cette aventure légendaire.

Après avoir marqué le monde et l'Histoire en écrivant 100 livres écrits en 4 ans et que William ait, par la même occasion, marqué l'Histoire lui aussi en écrivant son premier livre solo, **PAPA, J'SUIS PAS CON**, on s'est récompensé en s'aventurant dans les forêts de Destiny.

PROLOGUES OF DESTINY, volume 1, est maintenant disponible sur Apple Books, Kindle, Amazon COMBO, Audible et j'attends sa confirmation pour les prochains jours en version UAX (Ultimate Audio Experience) en streaming sur Apple Music, Spotify et Amazon Prime. Cette histoire sera légendaire!

Allons-nous écrire ces 9 livres en sprint comme on a écrit les livres de poulet? C'était mon voeu le plus cher. En parallèle, j'ai encore les livres de la série **COVIDCONOMICS** à écrire et plusieurs titres sur la dentisterie. De loin, **LEGENDS OF DESTINY** était mon projet favori.

C'est alors que j'apprends qu'un de mes amis vient de perdre ses 2 parents en moins d'un mois. Cela m'a coupé l'air d'un coup sec. Je ne pouvais plus respirer, malgré que ce n'était pas moi qui était en cause. Plutôt cet été, William et moi avions connu la perte d'un proche. Cette douleur est restée en sourdine.

Voir mon ami replié sur sa douleur alors que devant tous, il est resté fort et lucide, m'a troublé jusqu'au plus profond de moi-même. La vie passe très vite. Bonheur, joie, souvenirs sont ce qui nous restent. Je dis bonheur, joie, souvenirs parce qu'on a tous le pouvoir d'éditer son histoire. Certains vont pencher vers d'autres sentiments plus lourds, moi, j'ai fait mon choix il y a longtemps.

Malgré que l'abondance, la vitesse et le succès sont mes thèmes favoris, avec ces douleurs ressenties dernièrement, j'ai été plongé malgré moi vers la mélancolie. Cela m'a pris quelques jours, et j'ai refait surface avec **L'ART DE TRANSFORMER DE LA SOUPE EN MAGIE** pour honorer ma mère et son influence sur ma vie et mon destin.

Avec **L'ART DE TRANSFORMER DE LA SOUPE EN MAGIE**, j'ai emprunté de William son innocence et sa candeur pour conter, sur le même ton, mes souvenirs d'enfance dans les bras de ma mère.

"Le génie, comme la magie, commence avec une idée, un sentiment et beaucoup d'amour."
Dr Bak Nguyen

Une semaine plus tard, ma mère dévorait le livre dans son entièreté en moins de 6 heures. Ce livre m'a pris 6 jours à écrire! C'était mission accomplie! J'ai touché ma mère et lui ai fait ressentir des sentiments et des souvenirs que, depuis longtemps, elle avait laissés derrière. En 6 heures, nous avions remonté dans le temps et repartager des sentiments purs qui ont marqué mon évolution.

Le temps d'un livre, il n'y avait rien de plus important que l'amour d'une mère créative avec son premier-né. Nous avions le monde en entier pour nous, pour jouer. Je l'ai vécu en 6 jours, ma mère, en 6 heures. Pour ces 6 heures, il n'y avait que nous, et William qui commentait les récits.

Et bien, que pensez-vous qui est arrivé? Mon père attend maintenant le sien, son hommage à lui! Rien ne me ferait plus plaisir, maintenant que je connais la recette pour revisiter le passer et en faire de la magie. Mais mon père est un peu plus compliqué…

Mon père est un homme très discret qui ne laisse personne entrer ni dans ses souliers ni dans ses souvenirs. Il a soif de partager et de parler du passé et, en même temps, il ne veut pas se découvrir. Longtemps sa personnalité et la mienne ont croisé le fer, laissant derrière nous, larmes et blessures.

Ça, c'était il y a longtemps. Depuis, nous avons enterré la hache de guerre. Il a arrêté d'essayer de me contrôler et moi, j'ai arrêté d'essayer de le convaincre. Nous sommes si différents.

Pas tout à fait. Plus je vis près de William, plus je grandis en tant que père, et plus je comprends ce que c'est que d'être père. Honorer mon père avec un livre est un privilège que j'ai, encore faut-il qu'il le lisse, mais bon, une chose à la fois.

Je vais commencer par écrire ce récit en partageant mes souvenirs d'enfance sans trahir le désir de discrétion de mon père. Je vais vous amener au pays des PAPAS avec William, avec la même magie qui nous a porté dans **L'ART DE TRANSFORMER DE LA SOUPE EN MAGIE** et aussi avec ce qu'on a appris avec la création de **LEGENDS OF DESTINY**, cet art de créer des personnages riches et diversifiés.

Pour ce 4e temps des fêtes depuis le début de mon aventure en tant qu'auteur, je vous amène, en compagnie de William, **AU PAYS DES PAPAS**.

Ceci est **AU PAYS DES PAPAS.** Bienvenu(e) aux Alphas.

Dr BAK NGUYEN

ÉPISODE 1

"LES CONTES DE NOËL"

par Dr BAK NGUYEN & WILLIAM BAK

C'est en un beau matin ensoleillé de décembre que William se réveille. Dès qu'il ouvre les yeux, Hush lui souhaite le bonjour en sautant sur son lit et en lui léchant généreusement le visage. C'est toujours une bonne façon de se réveiller.

Aujourd'hui, c'est samedi, il n'y a pas d'école ! William court à la fenêtre et voit des flocons de neige danser au gré du vent. Ça va être une magnifique journée ! William enfile sa robe de chambre et sort pour souhaiter bon matin à son père et sa mère.

- Bon matin, maître William.
- Bon matin Paul

Juste à la sortie de la chambre, le major-d'homme sourit en regardant l'énergie de William bondir de son lit. Il court vers la chambre de ses parents, et Hush le suit en arrière en jappant joyeusement.

Il y a un couloir qui sépare la chambre de William et celle de ses parents. En courant, il croise le personnel de la maison qui lui souhaite tous : "Bon matin maître William." La dernière personne à lui souhaiter bon matin est sa gouvernante, Édith. Elle lui sourit doucement et lui fait un gentil clin d'œil, juste pour lui rappeler... qu'il n'a pas encore brossé ses dents!

Son père ne laisse jamais passer une occasion de lui dire de se brosser les dents ! William freine sa course abruptement pour changer de direction vers la salle de bain.

Hush, derrière, essaye de changer de direction aussi rapidement, mais le plancher de marbre est si glissant qu'elle dérape vers le mur et se cogne la tête. Rapidement, elle reprend sa course pour rejoindre William.

William a brossé ses dents et il est prêt à commencer cette magnifique journée en compagnie de ses parents. Il s'est brossé les dents, il s'est même peigné avec l'aide d'Édith et il est prêt pour aller souhaiter bon matin à son papa.

- **Bon matin papa! Bon matin maman!**

Sa voix résonne dans la chambre vide de ses parents. Avant que le froid et la tristesse n'envahissent son cœur, les jappements de Hush réchauffent la pièce. Édith est juste derrière lui. D'une main maternelle, elle le serre dans ses bras.

- As-tu faim ? Paul a fait des crêpes à la cuisine juste pour toi !

Les parents de William sont souvent partis en voyage d'affaire. Ils devaient rentrer hier dans la nuit. William voulait rester debout pour les accueillir, mais Édith a tenu que Maître William dorme avant 10h.

- Une tempête a retardé leur avion. Ils seront ici ce soir.
- ...

William est habitué à ce refrain. Une grande maison, beaucoup de jouets, Paul et Édith pour lui tenir compagnie et tout l'amour de Hush. Pourtant, William aurait tant donné pour passer plus de temps avec ses parents, surtout son papa.

William finit son petit-déjeuner tout seul avec Hush à ses pieds. Juste quand il pense que la journée a mal commencé, il entend une voix très familière derrière lui :

- Où est mon petit-fils favori ?

C'est Grand-Papa ! Autant Hush que William courent se jeter dans les bras de Grand-Papa ! Grand-Papa sait que Papa et Maman ne sont pas encore rentrés, mais il n'est pas venu pour eux, il est venu pour William.

- Aujourd'hui, on va chercher ton cadeau de Noël, d'accord?
- Cette année, je ne veux pas de jouet Grand-Papa. Mon père m'a promis d'écrire un livre avec moi. Ça, c'est mon cadeau de Noël cette année !
- Wow, tu vas écrire un livre! Il te faut un beau manuscrit pour conter tes histoires! Allons te chercher le plus beau des livres, un avec une belle couverture en cuir.
- Un avec un cadenas sur la couverture comme dans le film de Goosebumps?
- Absolument ! Mais j'espère que tu vas écrire des belles histoires, pas des histoires de fantômes !
- C'est promis Grand-Papa.

Au magasin, toute la ville semblait s'y être donnée rendez-vous. Il y avait une ligne pour entrer et une autre encore plus longue pour payer à la caisse. Grand-Papa était prêt à attendre, mais il faisait froid et William ne voulait pas que son Grand-Papa attrape un rhume.

Ils sont allés dans le magasin d'en face, une petite boutique d'antiquités et de souvenirs. Contrairement à la grande librairie, il n'y avait personne dans la boutique.

Des cloches accrochées à la porte annoncent l'arrivée de William, Hush et de son Grand-Papa. À la caisse était un vieux monsieur grincheux avec de grosses lunettes trop lourdes pour son nez. C'était vraiment comme dans les films de contes de Noël.

- S'il-vous-plaît monsieur, vous avez des livres vides ?
- Des livres vides ? Pour ça, va les chercher dans le super magasin d'en face. Ici, nos livres ne sont pas vides !
- Je vous demande pardon, commence Grand-Papa. Il voulait dire des livres dans lesquels il peut écrire.
- On ne vend que des trésors ici monsieur, pas des cahiers à colorier.

Grand-Papa sourit aux vieux monsieur grincheux. Pendant ce temps, William s'est promené dans les allées très serrées de la boutique à la recherche d'un livre avec un cadenas sur la couverture.

Tout était sans dessus dessous dans la boutique. I y avait tellement de vieilles choses à vendre que William ne savait plus où regarder. C'était très différent de la grande librairie d'en face avec leurs rayons et leurs sections très ordonnées.

Grand-Papa s'est approché et il s'est agenouillé pour parler avec William. Grand-Papa fait toujours ça, il parle à William en lui faisant sentir qu'il est la personne la plus importante au monde, pas comme les autres adultes qui lui parlent en le regardant d'en haut.

- Tu as trouvé quelque chose mon grand ?
- Pas encore Grand-Papa, il y a trop de choses, je ne peux pas voir et je n'ose rien toucher. Le monsieur en avant me fait un peu peur.

À ces mots, Grand-Papa est parti à rire.

- Le monsieur est très sérieux, mais il n'est pas méchant.

Et juste alors que Grand-Papa parle avec William, Hush jappe, elle a trouvée quelque chose. C'était un vieux livre avec un cadenas sur la couverture. Le livre était à terre, enterré sous une montagne de vieux journaux. Grand-Papa l'a vu aussi. Il aide William à soulever les journaux et à sortir le livre. Le manuscrit était vraiment vieux et très poussiéreux.

Il y avait un cadenas sur a couverture qui ne se refermait plus. À l'intérieur, il n'y avait pas de feuilles blanches pour écrire, les feuilles étaient toutes jaunes, mais on pouvait écrire à l'intérieur, puisque les pages vieillies avaient effacé tous les mots imprimés auparavant.

- Je le veux, c'est vraiment comme dans les films !

À ces mots, Grand-Papa se lève, sourit avec son air de gentleman et va négocier avec le vieux monsieur grincheux.

William ne sait pas combien Grand-Papa a payé pour ce livre, mais c'était vraiment un cadeau magique. C'est Hush qui l'a trouvé !

***

Il était une fois un père et un fils et une maman. Ils n'étaient pas riches, mais ils étaient très heureux. Ils habitaient dans une petite cabane dans le bois. Si les autres enfants avaient des cadeaux et des jouets pour Noël, Guillaume avait son papa et sa maman.

À chaque année, Noël dure pour les deux semaines de congé des fêtes ! Pas d'école et juste de la magie. Par magie, les 14 jours de congé intégraux étaient consacrées à décorer la maison, à faire des muffins et à conter des histoires autour du feu. Seulement pour ces 14 jours, Guillaume pouvait dormir avec Papa et Maman ! Ça, il ne faut pas le dire trop fort, ce serait embarrassant que les autres enfants ne l'apprennent.

Ce matin-là, Guillaume s'est levé et a couru vers la fenêtre. Une superbe journée blanche se dessinait devant ses yeux. Aujourd'hui, c'est le jour où il va aller choisir le sapin de Noël avec son papa.

Non, ils ne vont pas aller au magasin, mais ils vont se promener dans le bois et choisir le sapin parfait de cette année. À chaque année, c'est un moment magique entre papa et fiston.

Après avoir mangé tout le petit-déjeuner de maman, Guillaume s'habille chaudement pour la grande journée. En ouvrant la porte, il pouvait sentir la magie et la fraicheur de l'hiver sur son visage. Rapidement, Hush est sortie courir dans la neige.

Il y en avait tellement qu'on ne pouvait plus voir Hush, elle était complètement immergée sous la neige, mais on pouvait la suivre en regardant sa queue bouger et courir sous l'immense couverture blanche immaculée.

Papa est sorti et il a pris Guillaume sur ces épaules en quête du sapin magique. La cabane s'érigeait sur une petite colline. À quelques minutes de marche, il y avait un boisé très dense.

Quelques minutes, ça, c'est à marcher en été. En hiver, c'est beaucoup plus long à marcher à cause de la neige. Pas pour Hush, elle courait toujours aussi vite, été comme hiver.

À chaque année, c'est Guillaume qui trouve l'arbre magique. Cette année, il n'arrive pas à le trouver. Il y a des sapins partout, mais rien de magique. Papa est très patient et il marche toute la forêt avec Guillaume.

Le soleil commence à se coucher et toujours pas d'arbre magique. Guillaume doit maintenant marcher, Papa est trop fatigué pour le porter. Papa regarde Guillaume et lui demande d'en choisir un.

- Je ne sais pas Papa. Je ne vois rien de magique cette année.

Papa commençait à s'impatienter, mais il a gardé le sourire pour ne pas gâcher la magie de cette journée. C'est finalement Hush qui aura choisi l'arbre magique de cette année… elle l'a trouvé en marquant son territoire.

Papa et Guillaume sont tous les deux d'accord, Hush a trouvé l'arbre magique. C'est juste que l'arbre était géant, au moins deux fois plus gros que celui qu'ils auraient normalement choisi. On ne négocie pas la magie ! Papa sort sa scie et se met au travail.

L'arbre est si gros que ça a pris le reste de la journée pour le couper et le ramener à la maison. Papa est fort, mais l'arbre que Hush a choisi était vraiment très, très grand.

Quand ils sont finalement revenus à la maison, il faisait noir. Maman attendait à la fenêtre, elle avait préparé un ragoût chaud pour accueillir le retour de ses hommes et de Hush. Guillaume court dans la cuisine et Hush le devance. C'est juste Papa qui est resté derrière avec l'arbre magique... il était trop gros pour passé par la porte ! L'arbre, pas Papa...

Mais Papa trouve toujours une solution.

Guillaume s'est réveillé au milieu de la nuit, encore tout habillé. Dans le salon, le magnifique arbre magique était entièrement décoré. Hier, il était tellement fatigué, qu'il s'est endormi sur la table à manger alors qu'il finissait son ragoût.

Papa et Maman ont rentré le sapin magique de façon très créative. Guillaume pouvait voir les branches recollées avec du ruban adhésif. Papa a dû couper et reconstruire le sapin ! Et Hush ? Elle dort au pied du sapin…

**

- Non, non et non, ça ne mène nulle part Papa. Ce n'est pas drôle et c'est trop lent !
- Tu as raison William. Est-ce qu'on l'a perdu ? Est-ce qu'on a perdu notre inspiration ? Ça fait deux débuts d'histoire qu'on jette.
- Oui, Papa, je crois que les Poulets, c'était plus notre truc. J'ai faim, toi ?

Depuis maintenant 4 ans, la tradition de Noël est de manger du Popcorn, de monter des modèles réduits et de regarder des films. L'année dernière, Dr Bak et William ont monté le château dans Harry Potter et on fait le marathon des 8 films de la série. Ça, en plus d'écrire des nouveaux livres ensemble.

Les années passées, c'était amusant, c'était facile. Pas cette année…

- Allons manger et on se reprendra demain, après une bonne nuit de sommeil.
- Mais Papa, on ne doit pas aller visiter Grand-Maman et Grand-Papa demain ?
- Oh, j'avais oublié quel jour on est, avec les vacances de Noël, j'ai perdu le compte. Merci William. Commençons par manger. Qu'est-ce que Maman nous a préparé?

Voilà la vie chaleureuse de William dans le Manoir Mdex, une vie extravagante avec ses parents, la magie des histoires de Poulets, des Légendes, et de cette panne d'inspiration.

Le lendemain, c'est la journée familiale, celle où toute la famille va visiter les Grands-Parents. Chaque année, vers cette période, Grand-Maman paternelle est triste, ça lui rappelle à quel point son petit chien lui manque. Hush a été, pendant plus de 10 ans la meilleure amie de Grand-Maman. Grand-Papa l'aimait aussi beaucoup.

Grand-Maman et Grand-Papa sont d'une autre époque, ils ne pleurent pas, ne montrent que très rarement des émotions, mais on peut sentir leur tristesse, particulièrement celle de Grand-Maman. William le sait, Hush lui manque aussi beaucoup, beaucoup.

Pour changer d'air, il a demandé de pousser le fauteuil roulant de Grand-Maman pour passer un moment seul avec elle. Après le brunch, il a poussé Grand-Maman pour une promenade rapide dans le parc. Il ne faisait pas trop froid et les flocons blancs essuyaient les larmes invisibles de Grand-Maman.

William a gardé le silence. Il a seulement mis sa main sur l'épaule de Grand-Maman. Elle sait qu'il a compris.

William est son petit-fils favori ! En fait, William est son seul petit-fils !

Après la promenade, ils sont rentrés à la maison. Tout le long du trajet, il y avait une tension entre Grand-Papa et Papa. Il n'y a pas eu de dispute, mais tous pouvaient sentir la lourdeur de l'atmosphère. William ne sait jamais comment réagir dans ces moments-là. Avec le temps, il a appris à garder le silence.

Pourquoi Grand-Papa est-il souvent grognon ? William sait qu'il doit garder cette question pour plus tard, mais pourquoi ? C'est Noël après tout !

Il voit son Papa s'assombrir beaucoup. Il essaie de garder sa bonne humeur, mais il ne rit plus aussi librement. Maman, elle, ne dit pas un mot. Toute la famille raccompagne Grand-Papa et Grand-Maman à leur domicile.

Cela va sûrement prendre quelques heures, mais ça va passer aussi, Dr Bak finit toujours par sourire. Il est fait comme ça, c'est plus fort que lui, la joie finit toujours par remonter à la surface. Et quand la joie reviendra, William sera là pour accueillir son papa chéri !

À la maison, William s'approche de son Papa et le serre fort dans ses bras. Il veut que son Papa sache à quel point il l'aime. Et le manque d'inspiration?

- Papa?
- Oui, William?
- Je voulais te demander pourquoi Grand-Papa est souvent si grognon. Mais en chemin, j'ai eu une nouvelle idée.
- Ah oui? Laquelle?
- Pourquoi on n'écrirait pas un livre sur la recette des Papas parfaits? Peut-être que ça pourra aider Grand-Papa?
- Encore faudra-t-il qu'il le lisse...

Avant même qu'il ait fini sa phrase, Dr Bak commence à rire. Très rapidement, William le rejoint. William a le don magique de faire rire les gens, surtout à faire rire papa. Maman regarde William en champion, il a ramené la joie et la magie de Noël dans la famille.

- La recette des Papas parfaits... j'aime ça! Ok William, on commence ce soir?
- Ce soir Papa? Mais tu m'avais promis que je pouvais jouer aux jeux vidéos...
- Demain matin, d'accord?
- C'est promis! Merci Papa et joyeux Noël!
- Noël? Ce n'est pas encore Noël... avant au moins 5 jours!
- Noël, c'est tous les jours de vacances que je n'ai pas d'école! Noël, c'est 14 jours!
- Je vois, on n'a peut-être pas totalement perdu notre temps avec ces histoires de Noël...

William a passé la soirée à jouer jusqu'à 10h. À 10h pile, il arrête de jouer et va embrasser Papa et Maman pour leur souhaiter bonne nuit.

- Papa, pendant les jours de Noël, je peux dormir avec vous ?
- Bien essayé, mais ne pousse pas...

Et toute la famille éclate en rires. Cette nuit-là fut une belle nuit de sommeil pour William, le héros de la famille, pour Papa qui a retrouvé sa joie et pour Maman qui voit ses hommes heureux.

Le lendemain, comme promis, William est debout à 8h pour commencer le livre sur la recette des Papas parfaits. Il retrouve son papa sur son bureau de travail. Son papa est bouche-bée. William s'approche sans trop savoir ce qui se passe.

Sur la table de travai , il voit un livre, un vieux livre avec un cadenas brisé sur la couverture.

- Arrête Papa, tu te fiches de moi. Comment tu as fait pour trouver le même livre que dans notre histoire ?
- William, je n'ai pas acheté ce livre. Je pensais que c'était Maman et toi qui voulaient me faire une surprise !
- Arrête de te payer ma tête papa, je ne suis pas con, tu te souviens ? Alors, on commence ?

Et William va s'asseoir au bureau. Dr Bak hausse les épaules en riant, cette fois-ci, Maman et William ont vraiment mis le paquet pour la magie de Noël. Ça, c'est mieux qu'un arbre de Noël! Ça, c'est magique.

Dr Bak ouvre le livre et les pages sont jaunies, poussiéreuses et vides. Dr Bak n'écrit pas dans un livre, il écrit sur son ordinateur. Mais gardons l'esprit ouvert! William trouve ça trop cool, c'est vraiment comme dans les films! Il prend un crayon et commence à écrire dans le livre : **LA RECETTE DES PAPAS PARFAITS**, par Dr Bak et William Bak.

- Papa, pourquoi c'est toujours ton nom qui est en premier?
- Si tu écris tout le livre pendant que je parle, tu peux avoir ton nom en avant du mien!
- Non merci, c'est trop cher!

Et bien sûr, tous les deux, à cœur joie, rient de nouveau. Rire, c'est le langage qui a rendu magique la connexion entre papa et fiston. Dr Bak prend le crayon et c'est à son tour d'écrire dans le livre : ÉPISODE 1.

- William, est-ce qu'on écrit des chapitres ou des épisodes?
- Papa, est-ce que tu veux écrire un livre de recette ou un film? Moi, je préfère un film.
  Il y a de moins en moins de gens qui lisent de toute façon.
- C'est triste, mais tu as raison. Des épisodes plutôt que des chapitres.

Alors que Dr Bak et William reviennent sur le livre pour y écrire les premiers mots, ils trouvent un livre vice. Tout avait disparu. Autant Dr Bak que William n'y comprennent plus rien. C'est vraiment étrange. C'est vraiment intriguant! Ils examinent attentivement le livre… magique.

En s'approchant trop proche, la poussière réveille les allergies de Papa qui éternue. Un immense nuage de poussière se lève du livre avec l'éternuement monstre du Dr Bak.

Le nuage enveloppe toute la pièce. William et son Papa ne voient plus rien, il y a de plus en plus de fumée.

- Papa, ce n'est plus drôle!
- William, il faut vraiment que Maman et toi me disent où vous avez acheté ce livre, les effets sont trop tops!

À ces mots, Dr Bak éternue de nouveau, cette fois, beaucoup plus fort. Le nuage de poussière finit par se dissiper, laissant la place aux oiseaux de la forêt qui commencent à chanter…

Ceci est **AU PAYS DES PAPAS.** Bienvenu(e) aux Alphas.

Dr BAK NGUYEN

ÉPISODE 2
"AU PAYS DES PAPAS"
par Dr BAK NGUYEN & WILLIAM BAK

Dr Bak et William se réveillent dans une forêt enchantée. Ils sont à l'intérieur du livre! C'est vraiment dément!

- Allo ?! Il y a quelqu'un ?

Ils sont dans une belle forêt très paisible. Les oiseaux chantent et on peut entendre le vent et une chute d'eau pas très loin. Il fait beau et chaud, comme en été. Dr Bak sort son iPhone et commence à prendre des photos, comme s'ils étaient en Italie ou quelque chose comme ça.

- Mais la tête, ça va pas ?! On a été avalé par un livre et lui, il prend des photos !!!

William est en délire, il panique, il ne sait que faire. Il court comme un poulet sans tête ! Il est très troublé par ce qu'il leur arrive. À voir son père si calme, ça l'inquiète encore plus. Ils sont au milieu d'un cauchemar !

Dr Bak lui dit qu'il a raison, ce n'est qu'un rêve, il n'y a pas de raison de s'inquiéter. Le pire qui peut arriver dans un rêve est de prendre plus de temps avant de se réveiller.

Pour se réveiller d'un rêve, on n'a qu'à se pincer, lui dit son papa. Dr Bak se pince, mais rien. Il se pince de nouveau. Toujours rien. Il se retourne vers William et le pince de toutes ses forces !

- Aïe ! Mais tu es fou !? Ça fait mal !
- Tu es encore là, tu ne t'es pas réveillé ? Attends, je vais réessayer un peu plus fort !
- Non, non, non, il n'en est pas question ! Essaye sur toi-même !

Alors que William et son père se disputent, ils entendent un aboiement familier au loin. Les aboiements se rapprochent. Ils n'en croient pas leurs yeux, c'est Hush, le chien de Grand-Maman !

Hush, très contente de voir Dr Bak et surtout William, saute sur William et lui lèche le visage avec beaucoup d'affection. Très heureux de retrouver le petit chien de grand-maman, William s'y adonne à cœur joie.

Pour un instant, il a oublié ses problèmes, il a oublié qu'il était pris dans un monde étranger, aspiré à l'intérieur d'un livre. Vous imaginez-vous, dans un livre ?

Oui, c'est bien Hush! Mais comment est-ce possible ? William finit enfin par repousser doucement Hush qui s'approche du Dr Bak.

- Bonjour Dr Bak, vous m'avez beaucoup manqué !

Non, vous ne rêvez pas, c'est bien Hush qui venait de parler! Dr Bak est stupéfait et ne sait que dire. William se frappe la figure à s'en détruire le visage en espérant se réveiller…

- C'est fou toute cette histoire… j'aurais vraiment dû déjeuner ce matin ! Maman a toujours raison…

William s'est frappé à plusieurs fois sans se réveiller. Hush était toujours là.

- Maître William, c'est moi, Hush. Arrête de te frapper, tu vas te faire mal. Je vous ai toujours parlé, mais ici, la magie fait que vous pouvez comprendre mes mots.
- Hush, où sommes-nous ?
- On est dans votre imaginaire. Vous êtes au Pays des Papas.
- Et tu connais le chemin ici Hush ?
- Bien sûr !
- Alors, comment on fait pour rentrer à la maison ?!

C'était les seuls mots que William a pu sortir de sa bouche.

- Pour partir, il faut aller voir Grimbal. Grimbal est le gardien du Pays des Papas.
- S'il-te-plaît Hush, ouvre la voie, on te suit.

Alors que Dr Bak a commencé à s'habituer à Hush qui parle, William n'en revient toujours pas. Il suit en arrière, mais il continue à se pincer en espérant se réveiller.

Hush ouvre la marche, Dr Bak et William suivent derrière. Ils marchent à travers un paysage tropical enchanté. En plus des oiseaux qui chantent, ils croissent des cerfs et des écureuils qui les regardent un peu surpris. Tout le long de la marche, William est très grognon.

Ils arrivent finalement au pied de la montagne. Un énorme géant garde l'entrée. Il était très, très grand, mais il semblait plutôt gentil. Les aboiements de Hush ont réveillé le géant qui s'était endormi au poste, le visage enfoncé dans son poing droit.

- Non, je n'en crois pas mes oreilles. C'est bien toi, Hush ?

Hush est très contente de retrouver son ami Grimbal qui lui tend la main. Hush monte dans sa main, court le long de son bras pour aller l'embrasser comme elle embrasse William.

Grimbal était plus qu'heureux de retrouver le petit chien. Les retrouvailles et les rires ont duré au moins 10 minutes alors que Dr Bak les regardait avec bienveillance en prenant des photos. William, lui, se tenait un peu à l'écart. Mais quoi ? C'est un géant après tout !

- Je suis tellement heureux que tu sois revenue petite Hush. Cela doit faire 200 ou 250 ans de plus que je suis resté en poste juste pour t'attendre !
- Tu exagères toujours Grimbal. J'étais avec mes amis sur terre. Laisse-moi te présenter Dr Bak et William.
- Bonjour, je suis Dr Bak.
- ...
- Soyez les bienvenus au Pays des Papas ! Les amis de Hush sont mes amis !
- Excusez-moi monsieur le géant, si on est des amis, vous pouvez nous aider ? Mon père et moi et Hush, on veut revenir à la maison.
- Hush ? Tu t'en vas déjà ?!
- Non, je vais rester avec toi cette fois. Maître William, c'est maintenant ici ma maison. Mais je vais rester avec vous pour aussi longtemps que vous serez au Pays des Papas.
- Tu me rassures Hush, lance Grimbal. Pour vous les amis, si vous voulez partir, je peux vous ouvrir la porte maintenant !

Déchiré par Hush qui ne reviendra pas avec eux, William se résigne à laisser son petit chien derrière. Il est prêt. Au moins, son père et lui pourront se réveiller dans leur lit et faire face à leur manque d'inspiration ensemble.

- Papa, tu viens ?

Le manque d'inspiration, Dr Bak, toujours convaincu que ceci n'est qu'un rêve, n'est pas pressé de partir. En fait, c'est pour lui une occasion en or de se promener dans son imaginaire et de retrouver ce génie créatif qui manque à l'appel cette année.

Poursuivre la découverte du Pays des Papas est une idée formidable! Tant que son téléphone a encore assez de piles pour prendre des photos, Dr Bak est prêt à rester. Il se réveillera plus tard.

> - Mais c'est pas vrai! Papa, arrête de faire le con et on s'en va, c'est tout! Hush, dit-le-lui s'il-te-plaît.

William se rend compte qui venait de s'adresser à Hush en lui demandant de parler à son père! Définitivement, c'est le temps de partir, ce rêve commence à dépeindre sur lui aussi.

> - William, réveille-toi avant si tu le veux. Moi, je vais rester encore un peu. Je ne suis pas prêt à laisser Hush et, je n'ai pas encore trouvé la recette des Papas parfaits. Tu te souviens, c'est pour cette raison qu'on a commencé cette aventure!
> - Tu veux dire de commencer à écrire un nouveau livre, pas de nous promener dans un livre magique! Allez, on s'en va!
> - Non William.

Alors que William et Dr Bak se disputent, Grimbal leur lance un avertissement.

- Vous pouvez rester au Pays des Papas, mais je dois vous avertir qu'aucun papa n'est revenu après être resté plus de 3 jours ici.
- Ah bon ? Et pour quelle raison ?
- Ça, je ne le sais pas. Je ne suis que le gardien du pays. Sur ce, je dois aussi vous dire qu'avec le retour de Hush, un nouveau Gardien prendra ma place dans 3 nuits. Il est déjà en chemin. Moi, je vais vous laisser repartir, lui, il faudra le convaincre.
- Tu as entendu papa ? On s'en va maintenant pendant que Grimbal est encore le Gardien. Papa ? Hush ?

William n'a pas eu le temps de terminer sa phrase, Dr Bak et Hush sont déjà partis découvrir le pays des Papas. Découragé, William part à leur poursuite.

- Je hais le pays des Papas... Et il y a des jours où mon papa m'énerve royalement ! C'est qui l'enfant maintenant ?

William rattrape enfin Dr Bak et Hush qui prennent beaucoup de plaisir à parcourir les bois enchantés. William ne partage ni leur joie ni leur enthousiasme. Il veut rentrer à la maison. Il a mal aux pieds. Et maintenant, il commence à avoir faim.

- Arrête de te plaindre William. On va se réveiller de toute façon. Tu te souviens de ton problème d'attitude ?

- Arrête de critiquer mes habitudes ! J'ai faim !
- On est dans un rêve, comment peux-tu avoir faim ?
- J'ai vraiment faim papa !
- Hush, qu'est-ce qu'il y a à manger au Pays des Papas ?

Mais où est Hush ? William et Dr Bak la cherchent du regard. Enfin, ils entendent son jappement. Et elle jappe maintenant, se pose William en hochant la tête ? Il déteste le Pays des Papas !

Ils trouvent Hush qui dévore un délice. Dr Bak et William se rapprochent. Ils trouvent Hush à manger un champignon géant. Elle mange et rit en même temps.

- Ça a vraiment l'air délicieux ! Tu veux essayer William ?
- Non, il n'est pas question que je mange des champignons trouvés dans la forêt !
- Fais comme il te plait. Mais, c'est toi qui a faim ! Moi, je vais essayer un de ces champignons, ça m'a l'air trop bon !

Dr Bak prend une bouchée du champignon géant. C'est vraiment bon, meilleur qu'il ne l'avait imaginé ! En fait, c'est un véritable délice. Dr Bak n'avait pas faim, mais maintenant, il ne peut plus arrêter de manger ce délicieux champignon, Hush non plus. Et plus ils en mangent, plus ils rient de plus en plus fort !

Dr Bak ramasse le plus de champignons possible. Il en a les poches remplies, pantalon et veste. William est découragé. Et il a tellement faim.

- Tu es sûr que tu ne veux pas essayer, William ? Juste un petit morceau, c'est vraiment délicieux !
- C'est dégoûtant, vous mangez des champignons trouvés dans la forêt. Vous ne savez même pas si les champignons ne sont pas vénéneux.
- Regarde-nous, je crois qu'on a prouvé que les champignons ne sont pas vénéneux, mais délicieux. Tant pis pour toi !

Avec les poches remplies de champignons, Dr Bak et Hush continuent leur promenade tout en mangeant des champignons comme s'ils mangeaient du popcorn. William suit derrière, de plus en plus grognon. Il a faim, il est fatigué, il a mal aux pieds et maintenant, Papa et Hush lui cassent les oreilles avec leurs rires incessants !

- C'est bon, je vais essayer un de vos foutus champignons. Trouvez-moi seulement de l'eau pour les laver.
- -De l'eau ? Pour laver ?
- Il est hors de question que je mange un champignon trouvé dans la forêt sans l'avoir lavé avant.
- Ta maman serait tellement fière de toi maintenant si elle te voyait !

Papa et Hush s'éclatent de nouveau. Ils n'étaient pas méchants, mais William était une cible facile. Et William commençait à en avoir ras-le-bol de ces rires moqueur. Enfin, ils arrivent à un lac.

- Voilà William ! Tu peux laver tes champignons ici !

William ne se fait pas prier deux fois. Il a tellement faim ! Enfin, il lave le champignon qu'il a cueilli et prend une toute petite bouchée. C'est pas mal... Il prend une 2e bouchée.

- Est-ce que c'est bon ? Je te l'avais dit, non ?

Juste à cette question, William sent que quelque chose ne va pas. Il n'a mangé que 2 bouchées et son ventre commence à danser et pas dans le bon sens.

- Je vais être malade. J'ai mal au ventre. Je savais que ça allait mal tourner cette histoire de champignons.
- Tu es vraiment dramatique William. D'abord tu as faim et maintenant, tu dois aller aux toilettes ! On est dans un rêve ! Dans un rêve ! Un rêve William ! Tout ce qui t'arrive, c'est ton imagination qui est à l'œuvre ! C'est juste dans ta tête !

William ne peut se retenir. Il pète.

- Et ça, c'est dans ma tête ?

L'odeur nauséabonde envahit rapidement l'espace. Ils sont en pleine forêt, au bord d'un lac et tout ce qu'on sent et entend, c'est William ! Hush a mal au ventre tellement elle rit. Dr Bak, lui aussi se roule à terre, jusqu'à ce que l'odeur lui remplisse les 2 poumons.

- William, ça pue vraiment, il n'y a pas d'autres mots !
- Je t'avais dit que c'était une mauvaise idée !
- Quoi, les champignons ?

Et de nouveau, Dr Bak et Hush se roulent à terre, tordus de rire. William ne s'amuse pas du tout. Il a faim, il a mal au pied, il a mal au ventre et il refuse d'aller faire ses besoins dans la forêt. Ça, c'est hors de question. Il ne tombera pas dans le piège. Soit qu'il se réveille et ira aux toilettes, soit qu'on lui trouve des toilettes propres ici !

- Des toilettes propres ? Ici ?

Dr Bak et Hush sont aux larmes tellement ils rient. Plus ils rient, plus William est frustré. Plus William est frustré et plus les rires sont forts. Ils n'y peuvent rien, c'est plus fort qu'eux ! Enfin, après un long moment, Dr Bak reprend ses esprits. Avec une volonté de fer, il essaie de finir sa question sans rire.

- Hush, où peut-on trouver des toilettes propres ici ?
- On est dans la forêt, il n'y a pas de toilettes ici. Mais il y a un village un peu plus loin !
- Un village ? Arrête de rire papa, je n'arrive pas à entendre ce que Hush dit.
- Oui, il y a un petit village de l'autre côté du lac.
- Et au village, il y a un hôtel avec des toilettes propres ?

Cette fois-ci, Dr Bak se roule à terre. Il n'en peut plus, c'est trop drôle ! Il n'a peut-être pas retrouvé son inspiration, il est très loin de la recette des Papas parfaits, mais il n'a jamais autant rit de sa vie !

- En route pour le village des Papas !

De nouveau, Hush ouvre la marche avec Dr Bak a ses côtés qui tente aussi bien que mal de marcher droit sans rire trop fort ni de se rouler par terre à nouveau. William marche derrière en maugréant et en se serrant le ventre. Chaque fois que Dr Bak se retourne, il se roule à terre en voyant William !

Ceci est **AU PAYS DES PAPAS.** Bienvenu(e) aux Alphas.

Dr BAK NGUYEN

ÉPISODE 3

"LES PAPAS SOLO, SENFOUT, BAVEUX, OHLALA ET GROGNON"

par Dr BAK NGUYEN & WILLIAM BAK

Pour se rendre au village, il faut faire le tour du lac. Le problème, c'est que c'est vraiment un très gros lac. Hush court en avant, Dr Bak suit peu après, marchant comme une personne ivre de rire lorsqu'il ne se roule pas par terre. Et loin derrière, William pose un pied devant l'autre, un à la fois en se tenant le ventre à 2 mains.

Ils n'arriveront jamais avant le couché du Soleil. Ça, il n'y avait que Hush qui le savait. Elle a gardé le silence pour ne pas briser les espoirs de maître William. Hush devait trouver une solution rapidement.

Un peu plus loin, au centre du lac, elle voit la solution à son problème. Le seul problème est que cette solution est un problème en soi. C'est Papa Solo qui pêche dans sa barque.

- Holà, Papa Solo !
- Qui crie mon nom ? Toi ? Le petit chien ? C'est toi qui hurles mon nom ?
- C'est Hush. Ne me dis pas que tu ne me reconnais pas !

- Peut-être. Qu'est-ce que tu veux ?
- J'ai besoin d'une faveur. Je te présente mes amis, Dr Bak et William. William a un besoin urgent. Tu peux nous faire traverser pour aller au village ? Cela nous évitera de faire le tour du lac.
- Oui, Monsieur Solo, ce serait vraiment gentil. William a très mal au ventre !
- Pas mon problème !

Papa Solo fait demi-tour vers le centre du lac. On l'appelle Solo pour une raison: il n'aime pas les gens et n'est pas très bon pour communiquer.

- Mais Monsieur Solo, on a vraiment besoin de votre aide, il n'y arrivera pas sans vous !
- Tu crois que je n'ai que ça à faire, de faire traverser des inconnus qui ont mal au ventre ? Vous pouvez aller tous chier en ce qui me concerne !
- Et tu voudrais qu'il fasse ça dans ta belle forêt ? Ou pire encore, dans le lac ? Rétorque Hush. Maître William, puisque Papa Solo refuse de nous aider, je crois qu'on a plus le choix. Vas faire tes besoins dans le lac et tu peux prendre tout ton temps...
- Dans le lac ?! Dans mon lac ?! Non, il n'en est pas question, je mange les poissons de ce lac ! Ok, je reviens. Toi, tu tiens ton ventre à 2 mains ! Et toi, sale petit chien, je te déteste !

Ce n'est pas avec la plus grande des joies que Papa Solo est revenu sur sa décision et sur ces pas, mais l'enjeu et l'argumentation de Hush ne laissait pas de place à la réplique.

Solo accoste sa barque et laisse Dr Bak avec Hush sur ses épaules, et William monter dans sa petite embarcation de bois. Si tout le monde sait que Papa Solo est mal commode, ce que les gens apprennent très rapidement en sa présence, c'est qu'il est aussi têtu qu'indépendant. Il ne laisse personne toucher à ses affaires.

- Vous ne touchez à rien. mais rien du tout. Vous posez vos derrières dans ma barque et pas un geste ni un son, sinon, je vous jette à l'eau tous les trois.

Dr Bak et Hush ont leur main sur la bouche pour ne pas parler. William… et bien, il répond involontairement, mais pas par la bouche.

- Par tous les Dieux, mais qu'est-ce qu'il pue celui-là ! Tu te retiens, si je te jette à l'eau, tu vas tuer tous les poissons !
- Je peux peut-être vous aider à ramer, ça ira plus vite à deux, offre amicalement Dr Bak après avoir épuisé un long rire !
- Pas besoin, je n'ai besoin de personne. Tu ne touches à rien, sinon, toi, je te jette à l'eau...

Dr Bak n'insiste pas. Lui et Hush se cachent le visage pour ne pas rire. À chaque fois qu'ils regardent William ou Solo, c'est plus fort qu'eux, ils ne peuvent pas étouffer leurs rires. Plus ils essaient de le cacher, plus ça devient irrésistible.

William, pour sa part, ne trouve absolument rien de drôle dans cette histoire. Il se tient le ventre qui, malgré tous ses efforts, laisse passer des fuites, de temps à autre. Papa Solo lance tous les jurons connus dans le langage des

Papas. Pour sa défense, l'odeur était vraiment insoutenable.

Solo se bouche le nez avec une main alors qu'il rame avec l'autre… puis, lorsqu'il est trop fatigué, il change de main. Dr Bak et Hush ne peuvent se retenir, ils éclatent en rire de nouveau !

- **Mais on tourne en rond !**

Ce n'est pas dans les habitudes de Hush de rire des autres, mais aujourd'hui, c'est impossible de faire autrement, entre un Papa Solo mal commode et le pauvre William qui a mal au ventre! Dr Bak rit maintenant à découvert, la situation est impossible à tenir !

Très malheureux, William se résigne. Il a rassemblé tout son courage et sa force de concentration pour ne plus laisser passer d'air… Et Papa Solo, lui n'a jamais ramé aussi fort de sa vie. Il avait deux crampes par bras quand il est arrivé sur l'autre rive, quelque 3 heures plus tard.

- **Je ne veux plus jamais vous voir ! Allez, débarrasser !**

Ce n'était peut-être pas le rêve parfait, mais c'était loin d'être un cauchemar pour Dr Bak et Hush qui vivaient un des moments les plus drôles de leur vie. Ils regardaient

William, sa grogne et ses gaz, en mangeant des champignons-popcorns, c'était comme aller au cinéma dans la meilleure des comédies en 3D !

Ils ont quitté la rive et marchent maintenant vers le village des Papas. Mais Hush rit tellement qu'elle s'est perdue dans la forêt. Elle ne sait plus quelle direction prendre.

- Hush, on est perdu ?
- ...
- Non, mais c'est pas vrai ! D'abord vous me faites marcher dans cette étrange forêt, puis vous me faites manger ces foutus champignons et on tourne en rond sur une barque avec un vieux grognon pendant plus de 3 heures et maintenant on est perdu ?! Arrêtez de rire, ce n'est pas drôle du tout !

William venait de vider son coeur... il aurait toutefois préféré vider son ventre ! Mais ça, il l'a gardé tant bien que mal pour lui. Il ne reconnaît plus son père depuis qu'ils sont au Pays des Papas, c'est comme si son père avait perdu la tête... surtout depuis qu'il a commencé à manger des champignons.

Dr Bak peut être très baveux et rigoler tout le temps, mais il est toujours super responsable. Depuis qu'ils sont pris au Pays des Papas, William sent que c'est lui l'adulte!

- TIMBER!

William se retourne et voit un énorme sapin sur le point de tombé sur son père qui ne semble pas se rendre compte de ce qui lui arrive. William court et se jette sur Dr Bak pour lui sauver la vie.

Ouff, il s'en est fallu de peu, 10 secondes de plus et son père aurait été un papa écrabouillé et cloué sous ce sapin.

- Merci William, dit Dr Bak en se relevant et en essuyant encore ses rires.
- Mais ça ne va pas ? Qui coupe les sapins en voulant tuer des gens au passage, crie un William très frustré ?

À ces mots, un petit homme costaud et barbu, de la grandeur d'un lutin, sort de la forêt avec sa hache sur l'épaule. C'est Papa Senfout. Il connaît bien Hush, mais il s'en fout royalement. Il coupe les arbres qu'il veut et se fout des conséquences.

Papa Senfout ignore totalement William et ses remontrances. Il se dirige vers l'arbre coupé et commence à le tirer. Hush murmure discrètement quelque chose à l'oreille du Dr Bak.

- Vous ! Vous avez failli me tuer. Faîtes plus attention la prochaine fois !
- …
- Vous allez où avec cet arbre ?

- Vous me casser les oreilles avec vos questions idiotes. Il ne fallait juste pas être dans mon chemin. De toute façon, vous êtes beaucoup trop gros pour mourir sous ce poids. Ça aura fait mal, mais vous ne serez pas mort, alors cessez de me casser les oreilles !
- Vous êtes très mal commode vous, reprend William. Vous êtes pire que Solo !
- Solo est un abruti, il pense qu'il peut tout réussir tout seul. Moi, je suis plus intelligent. À vous regarder, vous cherchez le chemin du village n'est-ce pas ? Et bien, retroussez vos manches et aidez-moi avec ce sapin, je vais vous montrer le chemin !

Voilà qui était très inattendu. Alors qu'il a fallu forcer la main à Papa Solo, celui-ci s'offre volontairement pour aider, malgré son nom, Papa Senfout. Enfin, il ne s'est jamais présenté, mais sa réputation le précède et Hush le connaît bien. En fait, Hush est très étonnée elle-même.

- Mais, c'est pas vrai... vous vous foutez de ma gueule là !

Senfout s'installe confortablement sur le tronc et attend que Dr Bak et William le portent. Dr Bak a arrêté de rire. Hush lui fait signe de ne rien dire d'autre. Elle fait signe à Dr Bak et à William d'aider, ils n'auront pas de meilleure proposition aujourd'hui.

- De meilleur rêve à esclave, effectivement, mon imagination ne tourne pas rond cette année !

C'est maintenant autour de William de rire. Enfin, il a retrouvé son père. Tous les deux se mettent à la tâche et transportent aussi bien que mal le sapin avec le gros lutin pesant qui leur crie les directives.

Dr Bak commence à moins aimer le Pays des Papas. Jusqu'à présent, tous les Papas rencontrés sont très mal commodes ! Et Dr Bak commence à joindre leur rang à en croire les regards de William.

Finalement, ils voient au loin un village qui se dessine. William n'en peut plus, il laisse tomber le sapin et court vers son salut ! Bien que fort, Dr Bak n'est pas assez fort pour tenir l'arbre tout seul et Papa Senfout tombe avec le tronc d'arbre.

- Sale môme mal-élevé, revient ici ! On ne peut vraiment pas espérer beaucoup avec cette nouvelle génération !
- Hey, c'est mon fils que vous insultez là !

Du coup, Dr Bak laisse tomber lui aussi le sapin. Senfout, à peine relevé, tombe de nouveau. Il va maintenant devoir faire le reste du chemin par lui-même. Mais bon, c'est déjà beaucoup plus d'aide qu'il n'avait espérée.

William court vers le village. Il voit des maisons et cogne à la première porte. C'est la maison de Papa Baveux, il y a

Baveux d'écrit en gros caractères sur le côté de la porte. William essaie de garder son calme en frappant à la porte.

Après ce qui lui semble être une éternité, il frappe de nouveau, de plus en plus violemment. Il n'en peut plus. Enfin, la porte s'ouvre. Un petit homme de la taille d'un gros lutin barbu ouvre la porte. Il semblait plus gentil que les autres Papas.

- S'il-vous-plaît monsieur, je peux emprunter vos toilettes ? C'est une urgence sanitaire !
- Mais qu'est-ce qui se passe ? Qui es-tu ?
- Mon nom est William et je me suis perdu dans cette forêt avec mon père et mon chien. Ils sont derrière et vont arriver bientôt. En chemin, j'ai mangé des champignons vénéneux et ça fait plus de 3 heures que j'ai mal au ventre ! S'il-vous-plaît, je peux emprunter vos toilettes ? Ce ne sera pas très long.
- Pas si vite. Tu t'appelles William et tu es venu avec ton père qui s'appelle comment déjà ?
- Dr Bak.
- Dr Bak, il est docteur en quoi ?
- Mais qu'est-ce que ça change ? J'ai vraiment mal au ventre, s'il-vous-plaît !
- Tu dois comprendre, je ne peux pas ouvrir ma maison à des étrangers simplement parce qu'ils frappent à ma porte. Mon nom est Baveux. Maintenant je connais ton nom. Ne te trompe pas sur mes intentions, je veux t'aider, seulement, je dois te connaître avant de te faire entrer. Et ton chien, il est de quelle couleur ?
- ...

Très irrité, William sait que Papa Baveux n'a aucune intention de l'aider. Il va poser des questions et des questions juste pour se payer sa tête ! William court vers la prochaine maison.

Ohlala, c'est l'inscription écrite sur la porte. William aurait aimé avoir le choix, mais la prochaine maison est trop loin. De nouveau, il cogne à la porte avec l'espoir de trouver une oreille plus sympathique.

Beaucoup plus rapidement que son prédécesseur, Papa Ohlala ouvre la porte. William, avec les jambes et les 2 bras croisés sur son ventre demande poliment :

- Bonjour cher monsieur. Je m'appelle William et je me suis perdu dans votre forêt. J'ai fait l'erreur de manger des champignons empoisonnés et maintenant, j'ai mal au ventre. Pouvez-vous m'aider s'il-vous-plaît ?
- Oh mon Dieu ! Bien sûr que je vais t'aider ! Quel genre de papa je serais si je te ferme la porte au nez alors que tu es clairement un petit enfant perdu et désemparé dans cette forêt géante ? Tu as mal au ventre ? Où est-ce que ça fait mal, c'est une question très importante. Si tu veux guérir ton mal, il faut d'abord savoir d'où il vient.
- Merci monsieur. Comme je vous l'ai dit, j'ai mangé des champignons et depuis plus de 3 heures, mon ventre me tue, vous n'avez pas idée. Puis-je s'il-vous-plaît emprunter vos toilettes ?
- Absolument, mais il ne faut pas presser les choses. Ça fait déjà 3 heures ? Comment as-tu fait pour résister pendant plus de 3 heures ? La plupart des gens auraient simplement trouvé un petit endroit discret dans la forêt. Es-tu vraiment sûr que tu as mal au ventre ? Je suis sûr que c'est quelque chose de beaucoup plus sérieux !

- Mais je vous en prie, je vous dis que j'ai besoin d'emprunter votre toilette !
- C'est bien ce que je craignais, ça t'est maintenant monté à la tête. Tu fais de la fièvre ? Allonge-toi ici, je fais appeler un médecin !

Maintenant William sait pourquoi celui-ci se nomme Ohlala. Plus gentil, mais d'aucune utilité. William reprend sa course vers la prochaine maison. En chemin, il croise Papa Solo qui le voit aussi. Solo fuit au gallo à la seule vue de William.

À la prochaine porte, William a déjà une stratégie en tête. Il cogne à la porte fermement. Il frappe à la porte ni doucement ni de façon agressive, simplement fermement comme si c'était la police qui frappait à la porte. Grognon était l'inscription sur la porte.

William a une bonne idée à quoi s'attendre ici. Cela ne fait que renforcer son plan initial. Papa Grognon ouvre la porte en maugréant.

Sans attendre, dès que la porte s'ouvre, William tasse Papa Grognon et entre dans sa maison en criant avec autorité : URGENCE SANITAIRE ! Et William fonce vers la toilette.

Enfin…

Papa Grognon, un peu étourdi par les évènements ne comprend pas ce qui vient de lui arrivé. L'odeur a rapidement indiqué à Papa Grognon l'urgence de la situation sanitaire. Il s'approche et lance :

- Non ! Mais c'est ma marmite !!!
- Est-ce que je peux avoir du papier s'il-vous-plaît ? Allô, il y a quelqu'un ?

Ceci est **AU PAYS DES PAPAS.** Bienvenu(e) aux Alphas.

Dr BAK NGUYEN

ÉPISODE 4

"LE VILLAGE"

par Dr BAK NGUYEN & WILLIAM BAK

La nuit a fait beaucoup de bien à William. Hier, il a mal commencé avec les Papas. Papa Ohlala a été assez gentil pour offrir son hospitalité à Dr Bak, William, et Hush. Le seul problème, c'est que Papa Ohlala a parlé toute la nuit! C'est Dr Bak qui s'est tapé la conversation avec lui.

Au levé du soleil, les Papas ont présenté Dr Bak, William, et Hush aux autres Papas. C'est Papa Gâteau qui est venu leur souhaiter le bonjour en premier, avec des crêpes aux fruits comme cadeaux de bienvenu. Papa Lavoix et Papa Petit invitent Dr Bak, William, et Hush pour une visite du village.

Papa Lavoix se lève et invite ses invités à le suivre dans la toilette. William, Dr Bak, et Hush trouvent ça vraiment étrange, ils hésitent. Papa Ohlala et Papa Petit s'entassent tous dans la petite toilette. C'est trop étrange à voir pour en rire.

– Venez. Mais qu'est-ce que vous attendez ?

Très mal à l'aise et hésitants, Dr Bak et Hush s'entassent dans la minuscule toilette avec les Papas. William est traumatisé à l'idée de la toilette, mais il ne veut pas rester seul. Lui aussi s'entasse dans la petite pièce.

Papa Ohlala tire la chasse et la toilette s'enfonce dans le sol à grande vitesse. Ce n'est pas une toilette, mais un ascenseur secret. Après les quelques mètres de couches de pierre, ils débouchent sur un long tube de verre, découvrant une megacité moderne cachée sous terre. Personne n'aurait jamais deviné ça de la vue du village sur la surface.

Enfin, ils arrivent sur la plateforme 8 qui donne accès à plusieurs points névralgiques du "Village des Papas". Dr Bak est un peu hésitant. Il sort son iPhone et prend à la dérobée une photo. Personne ne réagit. Il en prend une 2e et une 3e.

Papa Lavoix et Papa Petit ont même posé pour un auto-portrait avec Hush et Dr Bak ! C'est vraiment super le pays des Papas ! Ils commencent la visite. Dr Bak, William et Hush n'arrivent pas à cacher leur excitation.

En chemin, ils ont vu à quel point le "village" des Papas est grand. C'est une véritable cité moderne avec pour qualificatif, un village ! Ils ont croisé Papa Intello qui était en train d'enseigner à une classe de Papas, comment construire des robots à partir d'hologrammes.

Un peu plus loin, ils croisent Papa Bonzaï qui fait pousser des sapins dans la serre géante à partir d'un vaporisateur en canne et Papa Rigolo qui se pratique pour son spectacle d'humour diffusé en direct à une audience internationale.

- Pourquoi vous appelez cette place le village des Papas, demande Dr Bak très impressionné ? C'est une véritable cité !
- Parce que c'est plus mignon. On a déjà été un village et on a grandi beaucoup depuis. On n'a jamais pensé à changer de nom, répond un Papa Lavoix très fier.
- Et pourquoi le monde souterrain et le camouflage ? Vous vous cachez de qui ?
- De personne ! Tout le monde est gentil au Pays des Papas. Il y a peut-être 4-5 exceptions, mais enfin. La cité souterraine, c'est parce qu'il y a ici toutes les ressources nécessaires à notre technologie. Et ce que vous appelez camouflage, et bien, c'est pour nous une façon de préserver notre patrimoine. Même si on travaille, étudie et vit dans la cité souterraine, à chaque nuit, chaque papa remonte à la surface pour dormir dans le lit de sa petite maison. C'est comme ça qu'on est heureux !
- Et les Papas, enfin... ce que je veux dire c'est qu'il y a tellement de Papas positifs, remarque William.
- On fait notre possible ! On a tous un rôle à jouer au Pays des Papas. C'est plus facile quand les gens sont souriants et positifs pour collaborer, répond Papa Petit.

C'est vraiment toute une belle surprise à comparer aux rencontres d'hier, mais ça, William l'a gardé pour lui.

- Et où on va maintenant, demande Hush ?
- Grand-papa nous a demandé de vous faire visiter le "village". Il nous attend après la visite. Vous êtes fatigués ?
- Absolument pas, répond Dr Bak. Je veux en voir plus ! Je veux tout voir ! C'est super le Pays des Papas !

Ils ont continué leur visite guidée de la vaste citée des Papas. Ils ont rencontré plus de Papas qu'ils ne peuvent retenir de noms: Papa Lalune, Papa Lumière, Papa Lasoupe, Papa Dragon, Papa Bosseur, Papa Bricoleur, Papa Savant, papa Chef, etc.

Tous les Papas travaillent ensemble. Aujourd'hui, c'est une journée très spéciale puisque Papa Volant et Papa Bricoleur vont lancer leur expédition. Papa Volant va voyager avec une équipe de Papas au-delà des montagnes, là où aucun Papa n'est encore jamais allé.

Il va faire l'exploit dans la nouvelle croisière volante de Papa Bricoleur. Aujourd'hui est un grand jour, un jour de célébration ! D'ailleurs, c'est là que nous attend Grand-papa.

Accompagnés de Papa Lavoix et Papa Petit, Dr Bak, William et Hush arrivent au cœur de la cité, là où sera inauguré le nouveau bateau croisière ballon de Papa

Bricoleur. Ce n'est pas un petit ballon ni une montgolfière ni même un dirigeable, c'est un vaisseau croisière de 7 étages avec 10 restaurants, 4 piscines, une salle de bal, 2 bibliothèques et même une petite forêt privée !

Il y a des hamacs partout ! Les Papas vont bien s'amuser sur ce vaisseau. Mais avant de s'amuser, il faut d'abord terminer les préparatifs. Les célébrations ont lieu à bord du vaisseau, dans la grande salle de banquet. Tout le monde y est invité !

- Je savais que c'était une bonne idée de rester ! Tu n'es pas d'accord William ?
- ...

Dr Bak n'arrête plus de prendre des photos avec son iPhone, il est émerveillé ! Hush est très excitée, depuis sa dernière visite, le "village" a tellement grandi. Il y a maintenant tellement plus de Papas qui y vivent.

Même William s'amuse. Il est loin des épisodes cauchemardesques de la veille. Cette journée a vraiment bien commencé.

C'est un Grand-papa très, très chaleureux qui accueillent ses invités. Ils les invitent à prendre place à la table d'honneur pendant qu'ils attendent le début des discours.

Grand-papa fait l'introduction. Papa Volant parle en deuxième et reçoit officiellement la fonction de capitaine du vaisseau. Papa Bricoleur est ensuite venu dévoiler les plans des étages du navire et les heures de plaisirs promises à bord.

Tous les Papas se sont écriés de joies et de fierté, et le festin a commencé. Papa Lasoupe et Papa Gâteau ont mis le paquet pour cette grande célébration. Il y avait plus de plats qu'il n'y avait de place pour les mettre.

Mais ils avaient tout prévu. Il y avait toute une équipe de Papas serveurs qui se relayaient les plats. Tout ce qui ne rentrait pas sur les tables circulaient entre les invités. Des banquets, Dr Bak en a vus beaucoup dans sa vie. Celui-ci dépasse tous les imaginaires.

Hush s'en est donné à cœur joie. Et tous les Papas qui passaient par là étaient content de la voir. Tous lui flattent la tête et lui donne un nouveau morceau de quelque chose de délicieux. Chaque bouchée est magique !

Seul William reste prudent. Il a joint les festivités, mais avec les récents souvenirs de ses mésaventures de la veille, il se tient loin des plats et des délices. Mais ça sent si bon !

À table, Dr Bak échange avec Grand-papa. Il lui conte comment ils sont arrivés au Pays des Papas, comment ils ont rencontré Grimbal, les champignons et les mésaventures de William. Au récit des champignons, Grand-papa a montré beaucoup d'intérêts.

- Ce sont des champignons magiques, très rares. Leurs effets, bien que très plaisants, peuvent vous rendre malade. Les champignons font rire pour n'importe quoi. Au début, c'est drôle, mais éventuellement, si on en mange trop, on développe rapidement des crampes au ventre à trop rire. L'autre effet secondaire encore plus dangereux est qu'une fois qu'on a commencé à en manger, on ne peut plus arrêter !
- Vous avez raison Grand-papa. Hush et moi, nous avons tout mangé les champignons que nous avons ramassés. J'en avais plein les poches ! C'est juste bizarre que William, lui, n'a pas ri. Après 2 bouchées, il a eu juste les crampes, les gaz et le mal de ventre.
- Très étrange en effet. Où avez-vous trouvé les champignons ?
- Un peu après la montagne, juste avant le lac…

Grand-papa et Dr Bak continuent leur conversation pendant que William ne peut résister plus longtemps. Il essaie un petit gâteau. La bouchée est sublime ! Il essaie une cuisse de poulet rôtie, c'est la meilleure qu'il n'ait jamais mangée ! Et son ventre va bien !

Dr Bak explique à Grand-papa qu'il est à la recherche de son inspiration. Lui et William ont pour but d'écrire **La Recette des Papas Parfaits**. C'est pour cette raison qu'ils ne sont pas encore repartis.

- Des Papas parfaits, je ne sais pas, mais des Papas, j'en connais beaucoup !
- Et ils sont tous tellement gentils et talentueux, reprend Dr Bak !
- Il y a une grotte au pied de la montagne, la Grotte des Papas, où il y a des reliques et des hiéroglyphes des Papas du passé. Peut-être que vous y trouverez votre recette !
- Vraiment ? Je peux visiter cette grotte ?
- Oui. Entre le lancement et le village à gérer, je ne pourrais pas vous accompagner aujourd'hui. Peut-être vers la fin de la semaine ?
- C'est que je dois partir au plus tard dans 2 jours.
- Vraiment ? Dans ce cas, laissez-moi voir si je peux trouver une escorte pour vous accompagner.
- Merci beaucoup, j'apprécie !

Dr Bak cherche du regard William et Hush. Ils se sont mélangés à la foule des Papas et s'en donne à coeur joie à déguster les gourmets des Papas Chef, Lasoupe et Gâteau.

Un peu plus loin, au fond de la salle, Dr Bak remarque un petit groupe de Papas isolés. Il reconnaît Solo et Senfout qui mangent sans parler. Papa Ohlala est aussi assis avec eux. Les 2 autres, il ne les connait pas. Il se lève et avance en direction de la table pour se présenter. Au passage, Grand-papa l'attrape et lui présente les Jumeaux : Papa Oui et Papa Non. Ce sont eux qui vont escorter Dr Bak en excursion archéologique aujourd'hui.

Grand-papa organise l'expédition du Dr Bak, Hush et William en donnant quelques instructions aux Jumeaux. Il s'approche de Dr Bak et s'excuse, il doit donner le coup d'envol au Vaisseau de Papa Volant et Papa Bricoleur : LE NUAGE.

Entouré de sa nouvelle escorte personnelle, les Papas Jumeaux, Dr Bak va trouver Hush et William pour leur annoncer les plans de la journée. Hush n'attendait qu'une excuse pour faire une marche. Elle avait tellement mangé !

William, c'est une toute autre histoire. William est de nature paresseuse. Marcher n'est pas très intéressant pour lui. Maintenant qu'il a découvert la cité des Papas, il préfère rester ici et explorer, surtout qu'il a vu des hologrammes et des robots !

Enfin, il sait aussi que son père ne va jamais le laisser tout seul dans une cité étrangère. Il n'a que 11 ans après tout !

- Mais William, c'est un rêve ! Tu n'es pas obligé de venir avec moi. Puisque c'est un rêve, on ne peut pas se perdre ! Je vais aller à la Grotte des Papas avec Hush et tu restes ici si tu le veux. Essaie de trouver ton inspiration pour la recette des Papas Parfaits, je vais faire de même de mon côté.
- C'est vrai Papa, tu me laisses découvrir la cité tout seul ?
- Absolument, c'est un rêve ! Les règles ne s'appliquent pas ici !

William sourit et regarde son père et Hush s'éloigner avec les Jumeaux. Lui, il va rester au banquet et il va essayer les 4 piscines ou la salle de jeu.

C'est un Dr Bak très enthousiaste et excité qui est partie en excursion. La Grotte des Papas, c'est vraiment super pour l'imagination. Des fois, Dr Bak ne sait pas comment son imaginaire fonctionne. Cette fois, il doit faire des acrobaties pour trouver la magie et l'inspiration ! Il ne s'en plaint pas, il a trouvé plaisir à suivre les caprices de son subconscient.

Hush et les Jumeaux accompagnent Dr Bak. Les Jumeaux sont Papa Oui et Papa Non, jumeaux identiques et images miroir l'un de l'autre. Et vous l'avez deviné, un dit oui et il est toujours positif alors que l'autre, fait le contraire absolu.

Les Papas Jumeaux ne sont pas les plus chaleureux, mais ils sont loin des Papas mal commodes de la veille. En chemin vers la Grotte, Dr Bak leur a montré l'endroit où il a trouvé les champignons magiques. Ils ont bien pris soin de noter l'endroit, mais ils ont aussi pris beaucoup de précaution de rester à l'écart.

Hush et Dr Bak ont remarqué ce détail, mais ils n'y ont pas porté plus d'attention. Les champignons doivent être plus dangereux qu'Ils ne le croyaient… ils sont vraiment bons et on peut difficilement leurs résister. C'est peut-être ça le danger !

Après la petite pause aux champignons, Papa Oui et Papa Non ouvrent la marche vers la Grotte des Papas. La grotte est située sur l'autre flanc de la montagne, un grand détour depuis la place de Grimbal.

Pour se rendre, ils ont dû traverser un petit marécage, monter le long d'un flanc de montagne pour enfin arriver à un cul-de-sac très, très sombre et reculé. Drôle d'endroit pour des Papas !

Dr Bak a tout remarqué parce qu'il a filmé tout le trajet. Ce sera une superbe histoire à conter un jour, même si c'est dans un rêve. Dr Bak est persuadé que le fait de filmer et de prendre des vidéos dans son rêve est une façon pour graver les images dans son subconscient. Hush le suit. Et bien sûr, elle paraît dans la plupart des vidéos et photos capturées.

À l'entrée de la grotte, Papa Oui et Papa Non allument chacun une torche. Dr Bak aurait voulu en avoir une lui aussi, mais il n'y avait que 2 torches. Bon, il va suivre les Papas. Il peut toujours utiliser la lampe de poche de son iPhone.

Hush est un peu craintive, elle n'aime pas la grotte. Quelque chose cloche, elle ne sait pas quoi. Elle a promis d'accompagner Dr Bak pour son séjour au Pays des Papas et elle va tenir promesse, mais elle n'aime pas cet endroit.

Il y avait beaucoup de toiles d'araignées qui bloquaient l'entrée. Avec beaucoup d'attention, Papa Non s'est frayé un chemin. Papa Oui suit derrière. Un peu plus grand, Dr Bak fait de son mieux, mais il ne peut s'empêcher de déchirer plusieurs couches de toiles d'araignées à son passage.

- Faîtes attention, vous ne voulez pas réveiller les araignées de la grotte. Il y en a beaucoup, beaucoup.
- Je vois, je vais faire attention.

Un pied à la fois, Dr Bak et Hush suivent les Jumeaux. Ça fait déjà plus de 15 minutes qu'ils marchent dans cette sombre et humide caverne sans avoir trouvé quelconques reliques.

- Est-ce encore très loin, demande Dr Bak ?

- Chuuute ! Il ne faut pas réveiller les araignées, surtout la mère-araignée, elle est très mal commode !
- Pire que Papa Solo et Papa Senfout, demande Dr Bak en riant ?
- Chuuute ! Je vous dis !

Finalement, ils sont arrivés. Dr Bak s'avance avec son iPhone en mode enregistrement avec la lumière activée. Il ne voit pas grand-chose, juste des grosses formes immobiles. Hush a peur, elle se colle à Dr Bak.

- Qu'est-ce que c'est, demande Dr Bak ?

Personne ne lui répond. Les Jumeaux se sont fondus dans la noirceur de l'ombre. Les 2 flammes des flambeaux ont disparu. Dr Bak est curieux, serait-ce une farce des Papas ? Il est dans son imaginaire, il n'a pas peur. Hush, elle, commence à trembler.

Dr Bak en profite pour s'approcher des reliques accrochées au plafond de la grotte. Ils sont assez gros et volumineux. Sous la lumière du iPhone, le champ de vision est très limitée. Dr Bak et Hush s'approchent encore plus, assez près pour toucher une relique. La texture est chaude et ressemble beaucoup à des toiles d'araignées. C'est très collant.

Dr Bak finit par avoir une image plus complète d'une des reliques en prenant une photo avec le flash. C'est un énorme cocon ! Ils sont dans le garde-manger des araignées ! Juste quand Dr Bak se rend compte de l'urgence de la situation, une énorme araignée le surprend et lui crache une épaisse toile au visage.

Hush hurle, elle court à la défense du Dr Bak, mais dans la noirceur presque totale, ce n'est pas facile. La seule source de lumière est le iPhone que Dr Bak a échappé par terre. Dr Bak a disparu !

Hush se retourne. Elle est entourée par 2 araignées géantes avec les têtes des Jumeaux. Les Jumeaux sont des araignées !!!
Alors que OUI saute sur elle, Hush mord une des 8 pattes de NON.

NON hurle de douleur. Hush profite de la confusion pour se faufiler entre les pattes de NON. Elle court le plus vite possible vers la sortie de la grotte.

Elle doit trouver la sortie. Elle doit courir le plus vite possible. Hush n'a jamais couru aussi vite de sa vie. Elle se faufile entre les innombrables toiles d'araignées et elle arrive à s'échapper.

Elle ne s'est retournée qu'une fois dans la forêt, loin de la grotte. Et Dr Bak ? Hush doit aller chercher de l'aide pour sauver Dr Bak !

Ceci est **AU PAYS DES PAPAS.** Bienvenu(e) aux Alphas.

Dr BAK NGUYEN

ÉPISODE 5

"LE VAISSEAU"

par WILLIAM BAK & Dr BAK NGUYEN

Après que papa et Hush soient partis, William est tout de suite aller chercher la salle de jeu. William est content d'être libre, laissé à lui-même à découvrir l'immense vaisseau volant des papas.

Il cherche la salle de jeu. Elle est introuvable! En chemin, il a vu la piscine, les cuisines, la bibliothèque, le gym et les multiples salons. Il y a même une salle pour jouer de la musique! Il a trouvé tout ça, et toujours pas de salle de jeu. William décide finalement de demander de l'aide.

Cela tombe bien, Papa Petit passait justement par là.

- Bonjour Papa Petit!
- Salut! Tu t'es perdu, petit William?
- Qui appelles-tu petit? Je suis plus grand que toi!
- …
- Je m'excuse, je ne voulais pas vous vexer Papa Petit. J'ai juste une question: où est la salle de jeu, s'il-vous-plaît?

- La salle de jeu? Je ne suis pas certain, c'est ma première fois ici. Je suis sûr que si tu demandes à un des Papas Tek, il saura te guider, ce sont eux qui ont construit le vaisseau!
- Papa Tek?

C'est ainsi que Papa Petit explique à William comment la société des Papas est organisée. Il y a 6 clans. Le clan des **Teks**, le clan des **Gardiens** (des policiers), le clan des **Dragons** qui sont comme les Gardiens, mais ils n'utilisent pas de technologie, le clan **Soleil** (celui des Papas positifs), le clan des **Natures** (celui des Papas verts comme Papa Petit) et le clan des **Vieux** (comme Papa grognon et Papa Senfout).

La réalité est que jusqu'à récemment, les Papas n'avaient que 4 clans. Depuis l'arrivée de la technologie, les Teks sont apparus et les Policiers se sont divisés en 2 clans: les Gardiens et les Dragons. Tous les Papas ne sont pas tous fous des nouvelles technologies. C'est pour ça que les plus réticents comme le clan des Vieux vivent à la surface, dans des cabanes de bois.

Ohlala, Senfout, Solo, Grognon et Farceur sont tous du même clan, devinez lequel! Ok, Ohlala aurait pu aussi être du clan Soleil… mais ça, c'est une autre histoire.

Il y a 6 clans chez les Papas, mais tout le monde s'entend bien. En fait, les Papas ont inventé les **Papalympiques** pour compétitionner amicalement. Autres que les Vieux, tous les autres vivent dans la grande cité souterraine des Papas.

Avec le lancement du Vaisseau, les Papas Teks ont un nouveau jouet. Papa Petit est sûr que le vaisseau sera la nouvelle maison des Papas Teks.

- Merci pour l'histoire, mais ça ne répond pas à ma question!
- Vas voir un Papa Tek et il te montera la salle de jeu! Vas, vas t'amuser!

William accroche le prochain Papa qui passe par là:

- Excusez-moi, vous savez où est la salle de jeu?
- Non, désolé.
- Et vous, papa, en attrapant le Papa suivant, vous êtes un Papa Tek?
- Non, répond Papa Intello. Je suis un Papa Soleil!

Toute l'après-midi, William l'a passée à attraper les Papas, un par un, sans jamais trouver un seul Tek ni une réponse à sa question.

Alors que William cherche désespérément la salle de jeu, il sent le sol bougé sous ses pieds. Il n'a pas compris tout de suite, mais le vaisseau venait de prendre son envol!

William court vers la passerelle, mais il est trop tard, le vaisseau est déjà dans le ciel. Il voit les arbres en bas, devenant de plus en plus petits.

Le vaisseau était dans le ciel. Papa ne sera pas content, mais enfin, il n'est pas là. William se sent en sécurité et continue sa quête vers la salle de jeu. Tout ceci n'est qu'un rêve après tout!

En cherchant la salle de jeu, William passe devant une serre, un casino et même une petite forêt. Ce n'est pas sa journée de chance! Il aura fait au moins 15 000 pas aujourd'hui et toujours pas de salle de jeu ni de Papas Tek.

Enfin, il a faim. Il va aller au buffet, s'il arrive à le trouver. Pour trouver le buffet, c'était plus facile, il ne lui fallait que de suivre l'odeur des bons pains chauds. William est bien surpris de trouver Papa Ohlala, Papa Senfout, Papa Solo et Papa Grognon assis ensemble.

Papa Ohlala lui fait un signe de la main pour qu'il vienne les joindre.

- Que fais-tu tout seul sur le vaisseau?
- C'est une longue histoire... répond William. Je cherchais la salle de jeu et après avoir posé la question à tous les Papas que j'ai trouvés sur mon chemin, je me retrouve dans le buffet!

- La salle de jeu, reprend Solo? Elle est dans la ville. Les Teks n'ont pas encore eu le temps de la déménager! Ils n'ont eu le temps que de déménager une salle de jeux vidéos!
- Jeux vidéos...!?! Reprend William avec les yeux grands ouverts!
- Oui, mais il faut encore que les Teks les installent. Tout est encore en boîte! C'est toujours comme ça avec les Teks, ils veulent tout faire et ils manquent toujours de temps pour terminer ce qu'ils ont commencé!
- Comment vous savez tout ça, demande William?
- Je le sais parce qu'ils m'ont demandé de les aider... continue Papa Solo. J'ai dit non! Catégorique!
- Et vous avez dit non?!?
- Je ne suis pas un Tek. Et qu'ils aillent se faire mettre avec leurs jouets ces Teks. Ils osent nous traiter de Vieux!

William va au buffet. Il voit les champignons et s'en tient loin, très loin. Il va vers le comptoir des pains et des jambons. Ça, ça va être bon. Il revient avec des pains plein les poches, du beurre et du jambon. En revenant vers les Vieux Papas, William entend un bruit très familier. Il entend les aboiements de Hush, mais très, très éloignées et très faibles.

William s'approche vers la fenêtre et regarde tout en bas. Il ne voit rien, mais il entend toujours le jappement, comme si Hush appelait à l'aide. Les Vieux Papas aussi ont entendu les jappements.

Ohlala et Senfout se sont rapprochés de la fenêtre pour chercher l'origine des jappements. Tout en bas, ils voient une minuscule boule de poils, sel et poivre, courir à toute allure.

- C'est Hush! Crie Papa Senfout. Mais qu'est-ce qui la poursuit derrière?

William et Ohlala ne sont pas sûrs de comprendre. Solo et Grognon sont venus les rejoindre. Tous ont couru à la fenêtre pour regarder en bas. Papa Senfout a la tête sortie dehors et il crie: c'est une araignée géante!!!

Tout de suite William et les Papas quittent le buffet et courent vers le pont supérieur. Ils gardent un oeil sur Hush. Le danger que l'araignée la rattrape et la mange est bien réel! Il faut lui venir en aide, mais comment?

Comment revenir au sol? Les Papas sont indécis et commencent, une fois de plus, à se disputer, chacun avec son idée. William regarde autour de lui et voit les vaisseaux de secours attachés tout autour du pont. Il monte dans un des vaisseaux et il crie aux autres Papas de le suivre!

La situation était tellement intense et le danger si près, qu'aucun des Papas n'ont répliqué et tous ont suivi

William dans le vaisseau secours, presque par instinct. Si leur corps ont suivi tout seul, leurs têtes n'ont jamais suivi.

Premièrement les vaisseaux de secours sont très petits et il n'y avait que de la place que pour 4. Avec William, ils sont maintenant 6, 6 parce que William est aussi gros que 2 Papas! Tous s'entassent et se bousculent pour fermer la porte du vaisseau.

- Qui sait piloter ce truc, lance Solo?
- Ce n'est pas automatique, laisse échapper Ohlala?
- Où est le frein, demande Senfout?
- Je suis trop jeune pour mourir ici, ajoute Grognon!
- Arrêtez! Vous n'aidez pas, crie William. Il doit y avoir un bouton éjection.
- Et c'est quoi le gros bouton rouge, là?

Personne ne sait vraiment qui a posé la dernière question, mais en posant la question, une main a enfoncé le bouton jusqu'au fond. Tout s'est passé au ralenti. Ils ont tous ressenti leur coeur s'arrêter, les bouches bouger sans que les sons ne suivent et les cheveux en l'air, ils sentent la gravité les écraser.

Tout s'est passé au ralenti, William doit enlever sa main du bouton pour que Papa Solo puisse tourner le volant!

- **Enlève ta main du bouton, crie Solo, on va tous mourir écrasé, espèce d'imbécile!**

Tous les Papas ont compris William et bouton. William retire sa main et Solo tente aussi bien que mal de prendre le contrôle du vaisseau de secours. Solo essaie de son mieux, mais tout ce qu'il arrive à faire est de diriger la chute.

Grognon et Ohlala sont écrasés au sol par la force G alors que Senfout tente de son mieux de se relever. William a les 2 mains sur la console pour ne pas tomber. Persone ne veut mourir, tout le monde veut sauver Hush et personne n'est prêt à écouter. Grognon voit déjà sa vie défiler devant ses yeux! C'est Ohlala qui le ramène à la réalité avec une claque violente en plein visage!

Solo sait qu'il n'a pas réussi à prendre le contrôle, il a les 2 mains incrustées dans le volant et dirige le vaisseau en direction de Hush.

- **Le frein, cherche le frein, hurle Senfout!**
- **Il n'y a pas de frein! Les imbéciles de Teks n'ont pas pensé à en mettre un, répond Solo!**

William est en mode panique et il fige. Senfout, qui a finalement réussi à se relever, s'approche de la console et pousse William qui bloquait le chemin. William tombe et, dans sa chute, écrase Ohlala et Grognon qui venait à peine de mettre un genou à terre.

Senfout ne sait pas quel est le bouton pour le frein. Il commence à appuyer sur tous les boutons. Aucun ne marche. Solo crie à tout le monde de se tenir ferme, ils vont s'écraser très bientôt.

Senfout voit un levier. Pour ne pas tomber, il s'accroche sur le levier et l'active par son poids. Immédiatement, des parachutes se déploient violemment.

- Ah, voilà le frein, s'écrie Senfout!

Des parachutes se sont déployés, mais trop tard, le vaisseau était très près de s'écraser. Solo tire sur le volant de toutes ses forces pour redresser le nez du vaisseau et éviter d'écraser Hush. Le vaisseau finit par passer juste au-dessus de la tête de Hush pour s'écraser dans l'araignée géante. Pas sur l'araignée, dans l'araignée

Ceci est **AU PAYS DES PAPAS.** Bienvenu(e) aux Alphas.

Dr BAK NGUYEN

ÉPISODE 6

"LA FORÊT"

par WILLIAM BAK & Dr BAK NGUYEN

Le choc fut très violent, ils ont tous perdu connaissance, les 4 Papas et William. Le petit vaisseau est entré en collision directe avec l'araignée géante qui poursuivaient Hush. L'araignée a éclaté à l'impact. Cet impact a toutefois ralenti l'écrasement du vaisseau, entre les parachutes déployés trop tard et le coussin qu'a fourni l'araignée, le vaisseau s'est "posé" violemment sur le sol. Violemment, mais en un morceau.

Hush s'est retournée pendant l'incident et, curieuse, elle renifle des odeurs connues: maître William! Elle court vers le lieu de l'écrasement. C'est Hush qui, en léchant les visages de William et des Papas les a réveillés, un à un.

- Par tous les dieux, qu'est-ce qui s'est passé, lance Senfout en se réveillant?
- On est au paradis, demande un Papa Ohlala étourdi et encore très secoué?
- J'ai mal à la tête, ajoute Solo.
- Et moi, j'ai mal partout, renchérit Grognon.

Tous avaient repris connaissance, tous sauf William. Hush très inquiète continue de lui lécher le visage, de mordiller sa manche et de japper. Les Papas se regardent inquiets. C'est Senfout qui s'approche et sans hésiter, étend la main et gifle William de toutes ses forces!

Le bruit seul aurait suffi à ramener les morts à la vie. La gifle a donné le résultat escompté… William ouvre les yeux, des yeux remplis de larmes tellement la douleur était intense, mais c'est Papa Senfout qui pleurait, il avait tellement mal à la main!

Le réveil de William et la douleur de Senfout ont contribué à détendre l'atmosphère et à remettre les esprits en place, même Papa Grognon a souri.

Rapidement, Hush aide les Papas a relevé William et tous sortent des débris.

- Ça, c'est un vaisseau qui ne volera plus, lance Papa Solo.
- Voler?! C'est fini pour moi, s'écrie Ohlala, plus jamais de ma vie!
- J'aimerais bien voir la face des Teks quand ils verront ça, lance en riant Papa Senfout qui, aussi bien que mal, cherche à cacher sa douleur.
- Maître William, Dr Bak est prisonnier des Araignées! Il faut le secourir.

William n'est toujours pas habitué à entendre Hush parler. Il se lève abruptement et demande ce qui est arrivé.

- On était en excursion pour voir la grotte des Papas quand les Papas Jumeaux se sont transformés en araignées géantes. Ils ont capturé Dr Bak et l'ont enfermé dans un cocon géant. Moi, je courais trop vite pour qu'ils puissent m'attraper.
- Attends un peu, commence Solo, tu veux dire que l'araignée géante qu'on a fait exploser est l'un des Jumeaux?
- Je ne sais pas lequel, mais oui, répond Hush.
- Dégueulasse, laisse échapper Grognon, je crois que je vais être malade...
- Il faut retourner à la grotte, il faut sauver mon papa, lance William qui venait de comprendre la gravité de la situation.

Ohlala commence à se gifler, de plus en plus fort. Il est persuadé que c'est un mauvais rêve et qu'il va se réveiller. Senfout s'approche pour lui dire à quel point il est imbécile de se gifler. Ohlala, de toutes ces forces, gifle Senfout qui tombe à terre.

- Non, décidément, ça ne marche pas sur toi non plus, soupire un Ohlala déprimé. Je suis désolé Senfout, je voulais juste te réveiller.
- Non mais ça ne va pas la tête, crie un Senfout qui a maintenant mal à la main et à la tête!
- Ça n'a aucun sens, d'abord cette idée folle de voler, puis des Jumeaux qui se transforment en araignées. Moi, je rentre à la maison.

C'est un Papa Grognon déterminé qui se lève et qui marche, un peu croche, vers le village. Lui aussi est convaincu que tout ceci n'est qu'un long et mauvais rêve. Il va cependant se souvenir longtemps de cette gifle.

William regarde Grognon s'éloigner et une larme coule sur sa joue. Il sent sa confiance et ses espoirs fondre. Papa

Ohlala, envoyant la détresse de William, se lève et prend William dans ces bras. William éclate en sanglot.

- Assez, vous tous! Vous n'avez pas honte de vous appeler des Papas, commence Ohlala. Même s'il est aussi gros que 2 de nous mis ensemble, ce n'est qu'un enfant qui a perdu son papa. Est-ce qu'on va le laisser se débrouiller tout seul, nous, des papas? Bien sûr que non! Solo, Senfout, vous allez venir avec moi et on va aller voir le géant Grimbal. Avec son aide, ce sera possible de libérer Dr Bak. Toi aussi, Hush, tu vas venir avec nous.

Tout le monde est surpris par l'intervention, mais surtout par le ton de Ohlala, il est d'habitude si doux. C'est la première fois qu'ils voyaient un Ohlala aussi déterminé. Contre toutes les attentes, Solo et Senfout obéissent sans aucune remarque, pas une seule!

William se sèche les yeux et renoue avec l'espoir de retrouver son père. Il ne sait plus si ceci est un rêve ou pas, il sait seulement qu'il ne laissera pas son papa prisonnier des araignées. Et Grognon, le temps qu'Ohlala finisse son discours, était déjà loin dans la forêt. Décidément, il y a des papas meilleurs que d'autres.

Papa Senfout et Solo ouvrent la marche avec Hush, alors que Ohlala et Willam suivent derrière, direction, Grimbal. Pour aller retrouver Grimbal sur le versant de la montagne, ils sont très soucieux de ne pas attirer de l'attention.

- Chute, fait signe Solo en mettant sa main sur la bouche de Senfout. Regarde!

À travers les feuilles et les troncs d'arbres, Solo, Senfout, Ohlala, William, et Hush pouvaient voir une armée d'araignées ramasser tous les champignons qu'ils pouvaient trouver dans la forêt, ces même champignons qui ont donné tant de mal de ventre à William.

Personne ne sait quel est le but des araignées, mais c'était bel et bien vrai, il y avait une armée d'araignées dans la forêt. Et ces araignées ne semblaient pas très amicales, non mais pas du tout! Discrètement, ils continuent leur marche vers Grimbal, en faisant attention à ne pas alerter les araignées.

Dès qu'ils sont sortis de la forêt, Hush court vers son ami Grimbal pour trouver l'aide tant espérée. C'est un Grimbal étendu par terre qu'elle trouve. Hush n'y comprend plus rien. Elle lèche le visage de Grimbal sans trop de succès. C'est finalement en mordant Grimbal que le géant se réveille.

- Qu'est-ce qui t'es arrivé Grimbal, demande Hush?
- Je ne suis pas sûr, j'étais en train de méditer quand j'ai senti quelque chose me mordre derrière le cou, répond Grimbal. J'ai senti ma tête tournée et j'ai perdu connaissance.
- C'est sûrement une morsure d'araignée, lance Solo.

- Si les araignées s'attaquent même à Grimbal, quelque chose de grave se prépare, ajoute Senfout!
- Il faut revenir au village pour avertir les autres, conclut Ohlala.
- Et mon papa, reprend William?

C'était bel et bien une confusion des plus complète au Pays des Papas. Ce matin, c'était encore la fête et les découvertes, et maintenant, c'est une invasion?! Et ce n'est pas un cauchemar non plus, les gifles ne fonctionnent pas!

- Grimbal, tu peux marcher, demande Hush? On a besoin de ton aide pour secourir Dr Bak, il est prisonnier des araignées, dans un cocon!
- Un cocon, reprend Grimbal?! Ça, c'est un très mauvais signe. Cela veut dire que les araignées commencent à faire leurs provisions.
- Provisions, s'exclament tous les papas!!!
- Vous ne le savez peut-être pas, reprend Grimbal, mais une fois tous les 100 ans, les araignées se réveillent et sortent de la terre pour faire leurs provisions. Elles vont capturer tout ce qui bougent et les mettre en cocons pour plus tard. Oui, les araignées mangent des animaux, des papas, même des Géants comme moi!
- Même des géants, reprend William?
- Pas réellement, répond Senfout qui, étant plus vieux, en savait un peu plus que les autres à propos des araignées. Elles mordent et leur venin paralyse leurs victimes. Les géants sont juste trop gros pour elles. Les araignées peuvent mordre les géants, mais tout ce que cela fait, c'est d'en dormir les géants pour un certain temps. Plus il y a des araignées qui le mordent et plus le géant dormira longtemps.
- Et ça fait très mal quand elles mordent, lance Grimbal!

À ces mots, tous pouvaient voir la frayeur dans les yeux de Grimbal. Il est grand, il est fort et il a peur des araignées!!!

- Comment on arrête les araignées, finit par demander William?
- Je sais qu'elles ont peur du feu, répond Grimbal. C'est tout ce que je sais. Il y a une rumeur qui dit que les araignées volent les âmes de leurs victimes et qu'elles peuvent prendre la forme de ceux qu'elles ont mangés.
- Dégueulasse, lance Solo, moi aussi, je vais être malade!

Alors qu'ils étaient en train de parler, ils entendent des cillements de plus en plus intenses: une armée d'araignées était derrière eux, prête à attaquer. Grimbal prend son courage à 2 mains et crie à Hush et ses amis de fuir dans la forêt, il va s'occuper des araignées, maintenant qu'il sait qu'elles ne peuvent que l'endormir! Grimbal est furieux et il se lance en direction des araignées.

- Sauvez-vous et allez sauver Dr Bak! Rappelez-vous que vous n'avez plus beaucoup de temps pour repartir dans votre monde!

C'était les derniers mots de Grimbal avant qu'il ne commence à charger les araignées comme un taureau furieux. De nouveau, ils courent. Hush est la plus rapide, derrière, Solo et Senfout la suivent de près. Papa Ohlala et William ferment la course.

Ohlala n'est pas très sportif. Il ne peut courir ni très vite ni bien longtemps. Rapidement, il perd du terrain. William voit Ohlala s'essouffler. Il revient sur ces pas, prend Ohlala sur ces épaules et reprend la course. Il tente de rejoindre, tant bien que mal, Hush et les 2 autres Papas en avant. C'est la toute première fois que William doit prendre quelqu'un sur ces épaules, habituellement, c'est lui que l'on porte.

Confiant et déterminé, William court aussi vite qu'il ne le peut. Mais Ohlala est un Papa joyeux et grassouillet, gentil, mais assez lourd. William s'essouffle et perd de plus en plus de terrain. Hush les voit et elle revient sur ses pas pour aider William. Solo et Senfout en profitent pour arrêter et reprendre leur souffle.

Du fond de la forêt, ils entendent un boom, comme si on venait d'abattre un arbre. C'est Grimbal qui vient de tomber, le pauvre. Ils savent tous que la vie de Grimbal n'est pas en danger, mais le pauvre, combien de morsures d'araignées il a reçues?!

Maintenant que Grimbal est tombé, les araignées ne vont pas tarder à arriver. Il faut reprendre la fuite et courir encore plus vite.

Cette fois, c'est Ohlala qui ouvre la marche. Il a repris ses esprits et il connaît le chemin. William et Hush le suivent promptement. Solo et Senfout, un peu désemparés, ferment la marche. Alors que tous courent sans lendemain, William voit une ouverture entre 2 grosses roches. C'est une bonne place pour se cacher!

- Suivez-moi, je connais le chemin, crie William aux autres.

Senfout et Solo sont les premiers à entrer dans la petite grotte. Hush les a suivi et William est le dernier à entrer. La grotte pouvait accommoder 2, 3 papas tout au plus. William n'était pas du tout le bienvenu.

Pour entrer dans la grotte, William a littéralement écrasé les papas contre le plancher, les murs et le plafond de la petite grotte. Seule consolation, ils peuvent maintenant reprendre leur souffle, mais il n'y a plus d'air!

Ohlala est le seul qui a continué à courir sans se retourner. Il n'a pas entendu William, il a continué à courir. Ce n'est que lorsqu'il a tourné la tête pour voir où étaient les autres, qu'il s'est rendu compte qu'il était tout seul dans la forêt.

- Mais c'est pas vrai, rage Ohlala! Je n'en crois pas mes yeux!

Ohlala revient sur ses pas. Il ne sait pas où sont les autres.

-Ohé, vous êtes où, crie un Ohlala qui a oublié que les araignées pouvaient l'entendre. Ce n'est pas drôle, vous êtes où?

Pendant ce temps, dans la petite caverne que William a trouvée, les papas, Hush et William sont tassés comme des sardines. Comment ils ont réussi à tous entrés dans la petite grotte est un véritable mystère.

Mystère? Pas tout à fait. C'est le poids de William qui a fait la magie. Solo et Senfout sont rentrés les premiers. Hush a suivi et William est entré en dernier. Il avait si peur des araignées qu'il a poussé de toutes ses forces. William peut être très fort quand il a peur.

- Arrêtes de pousser, sale crétin, laisse échapper un Senfout qui n'a plus de souffle, c'est toi qui vas nous tuer.
- Et moi qui suis habitué de vivre seul, souffle Solo, maintenant je me souviens pourquoi!
- Arrêtez de vous plaindre, lance Hush, toute aussi inconfortablement écrasée, les araignées sont bien pire!
- Mais où est Ohlala, se rend compte rapidement William?
- Ohlala? Il n'était pas devant nous, lance Solo? Regarde en dessous de toi Senfout, peut-être que tu l'as complètement écrasé!
- Crois-moi, il n'y a personne en dessous de moi, répond Senfout, je suis collé par terre et il y a même des cailloux qui sont entrés dans mon pantalon. Ça me démanche tellement! Tu penses que tu peux me gratter un peu, s'il te plaît?
- Il n'est pas question que je te gratte les fesses, vieux pervers, lance Solo!
- On ne peut pas laisser Ohlala tout seul, reprend William. Je vais sortir pour le trouver!

En essayant de sortir de la grotte, William doit le faire à reculons. Ses épaules sont repliées sur elles-mêmes, ses jambes en mauvaise posture, il n'arrive qu'à bouger très maladroitement. Même sa tête ne peut pas bouger librement. William essaie de sortir. En bougeant, il secoue les murs de roches et fait effondrer le tout. Tous crient sous la peur de l'effondrement.

C'est un derrière exposé et bien tendu que les araignées ont trouvé en suivant les hurlements. Ils n'ont pas attendu d'invitation plus officielle, les fesses tendues de William étaient trop invitantes. Tous se sont précipitées pour les mordre!

Ceci est **AU PAYS DES PAPAS.** Bienvenu(e) aux Alphas.

Dr BAK NGUYEN.

ÉPISODE 7

"LA GRANDE ÉVASION"

par WILLIAM BAK & Dr BAK NGUYEN

Dr Bak se fait tirer de son sommeil par les doux rayons chauds d'un soleil matinal. Il ouvre les yeux, la lumière est intense et chaleureuse. Il est dans son lit. A-t-il trop dormi? D'habitude, Dr Bak est debout avant l'aube pour écrire. Quel est le chapitre qu'il devait écrire aujourd'hui? Il n'en a pas la moincre idée.

Il a beau se gratter la tête, il ne se souvient plus de quel chapitre il devait écrire. Il ne se souvient pas non plus de quel livre il s'agissait. Quelque chose est très étrange, Dr Bak n'oublie jamais ce genre de détails.

Enfin, il se lève, va prendre une douche chaude et les choses devraient rentrer à l'ordre après un bon café. Il est en peignoir, un café chaud à la main, et il n'arrive toujours pas à retrouver ses idées. Quel est le livre qu'i devait écrire?

Très embêté, il est seul et il n'a personne autour pour poser la question. Dr Bak est très entouré, mais il ne sait pourquoi, il se sent seul. Il sent au fond de lui que quelqu'un lui manque, mais, tout comme le titre de son livre, il n'en a pas la moindre idée. Plus il creuse sa mémoire et plus le vide se fait.

Ça doit être le café! Dr Bak décide de retourner se coucher. Après une sieste, peut-être que les choses iront mieux.

***

Les araignées ont capturé tout le monde, William, Solo, Hush, Senfout, tous étaient attachés et transportés vers la grotte des araignées. Beaucoup plus gros et plus lourd que les papas, William s'est fait mordre les fesses à plusieurs reprises, mais il semblerait que les araignées aient sous estimé William. Les effets de leur venin se sont rapidement dissipés. William peut maintenant suivre les évènements des yeux. Il ne peut pas bouger parce qu'on l'a solidement attaché, mais il peut clairement suivre le trajet emprunté par les araignées.

Traverser la forêt est une véritable épreuve d'orientation, mais c'est une fois dans la grotte que les choses se compliquent. Dans la grotte, c'est un véritable labyrinthe qui attend quiconque veut traverser. De son mieux, William essaie de retenir les points de repère dans sa tête. Il sait qu'il devra sortir de cette grotte une fois qu'il aura sauvé son papa, Hush et les autres papas.

Gauche, droite, droite et gauche, et droite encore. Suivre le chemin et le garder en mémoire n'était pas chose facile. Rajoutez à cela que William n'a jamais fait cela de sa vie. D'habitude, i est assis à l'arrière de la voiture et regarde son iPad. Il sait qu'il doit descendre de la voiture quand ils seront arrivés et c'est tout. C'est normalement son père qui lui dit qu'ils sont arrivés, ou quand la porte s'ouvre, c'est une évidence!

Son père lui a souvent reproché qu'il ne portait pas attention à son environnement et qu'il ne pourra jamais développer son sens de l'orientation ainsi. Et bien, maintenant, William a compris l'importance du sens de l'orientation.

C'est un William avec le coeur gros, un à qui son père lui manque, qui est lancé par terre comme un sac de patates trop lourd à porter. Ils sont finalement arrivés. Les araignées mettent les prisonniers dans les différentes cages.

- Ne me touche pas, crie un papa Solo qui venait de se réveiller, sinon je vais t'arracher la tête!
- Ferme-la Solo, crie Senfout, tu vas empirer les choses!

Hush, Solo et Senfout sont enfermées ensemble dans une cage. Les araignées se regardent, il va falloir une cage beaucoup plus grande pour William! Par chance, il y avait encore la grosse cage qui n'était pas encore remplie.

Tête première, William se fait lancer dans une grosse cage très sombre. La porte se referme et il fait très, très noir. William n'arrive pas à voir clairement, il entend des voix provenant au fond de la cage.

- Qui est là, lance William en panique?

Il laisse échapper presque involontairement sa question qui résonne dans la caverne. Avant même que son écho se soit éloigné, la présence dans la cage se précipite sur lui. Une ombre un peu lourde s'impose et le gifle de toutes ses forces! William est sonné, très sonné par la gifle. En lui, il se dit que c'est la fin et qu'il va se faire manger dans cette cage. Il ferme les yeux.

Il est très surpris par le généreux câlin d'une présence familière. C'est Papa Ohlala! Ohlala est très fâché qu'on l'ait laissé tout seul dans la forêt, mais il est aussi très heureux de retrouver William, Hoche, et les autres papas.

- C'est vraiment toi, commence Ohlala, je suis content de te voir. Où sont Senfout, Solo et Hush?
- Dans une autre cage, répond William. Comment t'ont-ils attrapé?
- Je courais tout seul et quand je me suis retourné, vous aviez tous disparus! Je suis revenu sur mes pas et je n'ai rien vu, une araignée m'a mordu par derrière et je me suis réveillé ici!
- Je suis vraiment désolé, j'avais vraiment crié à tout le monde de me suivre. On ne s'est rendu compte que tu n'étais pas avec nous qu'une fois dans la grotte. D'ailleurs, c'est lorsque j'ai voulu sortir pour te trouver que les araignées m'ont mordu les fesses! Ça fait vraiment mal!
- Et regarde qui est avec nous, continue Ohlala.

William regarde attentivement et il voit une ombre se définir de plus en plus du fond de la cage. C'est Papa Grognon! Lui aussi, s'est fait capturer par les araignées! Il ne manque que Papa Baveux qui est resté au village et ce serait complet! Mais maintenant, avec Grimbal qui dort sous les multiples morsures d'araignées et avec tous les Papas capturés, qui va les secourir?

La joie de retrouver Ohlala et Grognon s'efface rapidement du visage de William. Vont-ils tous mourir ici dans un cauchemar de mauvais goût? William s'effondre et pleure. Il cache sa tête entre ses mains pour ne pas qu'Ohlala et Grognon ne voient ses larmes.

Au début, William pleurait en silence, mais plus ses larmes coulaient, moins il pouvait contenir ses émotions. C'était un William en sanglot, très bruyant qui résonnait à l'intérieur des murs de la grotte.

2 araignées porteuses de champignons passaient par là. Les pleurs de William leur cassent les oreilles. En effet, les araignées ont des sens beaucoup plus aiguisés que les autres créatures et les pleurs de William faisaient grincer les dents de Papa Grognon, imaginez l'effet sur les araignées!

Ils s'approchent de la cage et donnent un grand coup sur la tête de William pour qu'il se la ferme. William a mangé le coup droit sur la tête. Les mains de l'araignée étaient tâchées de poussière de champignon. Pour William, c'est encore pire que le coup qu'il a mangé sur la tête! Les champignons lui donnent mal au ventre!

Il n'en peut plus et, malgré lui, le gaz sort. Et boom! Ohlala et Grognon reconnaissent l'odeur, surtout Grognon!

– Oh non, pas encore, soupire Grognon.

Le boom a surpris tout le monde. En fait, il y a eu 2 booms, l'un sur l'autre. C'était les 2 araignées qui venaient de tomber par terre, encore plus rapidement que les victimes de leurs morsures. William, Ohlala et Grognon venaient de trouver une arme secrète pour assommer les araignées!

Ohlala tire l'araignée vers la cage. Il le fouille pour trouver la clé, mais celui-là n'était pas un gardien, pas de chance…

Grognon, qui a suivi toute la scène depuis le fond de la cage, dit a Ohlala de récupérer le sac de champignons qu'il transportait.

- Oh non, gardez ces champignons loin de moi, s'écrie un William horrifié!
- Imbécile, commence Grognon, c'est notre porte de sortie! Tu vas manger ces champignons quand un gardien passera assez près de la cage pour qu'on puisse lui dérober ses clés et sortir d'ici.
- Quel plan génial, murmure Ohlala, définitivement surpris par le plan de Grognon.
- Pas question, je refuse de manger ces champignons, répond William, ça me donne trop mal au ventre!
- Tu as une meilleure idée, lance Grognon?

Alors qu'ils sont occupés à se disputer une fois de plus, une araignée gardienne passe juste à côté de la cage et leur crie de se la fermer! Ils cassent les oreilles de tout le monde, surtout avec l'écho de la grotte!

Juste quand le gardien s'approche, Grognon prend une poignée de champignons et l'enfonce dans la bouche de William. Le pète qui a suivi est légendaire, l'araignée est tombée tête première. Ohlala pense même qu'elle est morte sur le coup.

Grognon et Ohlala tirent le gardien vers la cage et trouvent rapidement la clé. Ils doivent d'abord quitter avant que les autres araignées n'arrivent. William se lève avec beaucoup de difficulté, les champignons lui donnent vraiment des crampes d'estomac en plus des gaz.

Avec les clés en main, Ohlala court vers les autres cages. Grognon, malgré lui, est pris à aider William qui n'arrive pas à marcher seul. Ils arrivent devant un long corridor où les cages sont alignées, accrochées au plafond. Ohlala, Grognon et William observent les araignées.

4 araignées entourent un Papa, Ohlala pense que c'est Lavoix, mais il n'en est pas sûr. Alors que 2 araignées le tiennent, les 2 autres sortent du filament de leur bouche et enrobent le Papa de fil blanc filamenteux et épais. En moins de 3 minutes à tourner le Papa, les 4 araignées en ont fait un cocon à entreposer.

Ohlala, très choqué, ne peut s'empêcher d'affirmer son horreur. Trop tard, les araignées l'ont entendu! Ohlala, Grognon, et William ont été repérés! Les 4 araignées se lancent sur les 3 rescapés.

3 minutes, Grognon sait que ça prend 3 minutes pour faire d'un papa une boîte à lunch pour les araignées! En panique, il puise dans le sac de champignons et en fait avaler à William, une fois de plus. Les gaz ne se font pas attendre. Les 4 araignées n'ont eu aucune chance. Elles sont toutes mortes sur le coup.

Dans sa hâte, Grognon ne s'est pas aperçu qu'il a poussé William trop loin. Lui aussi a perdu connaissance. Sans William, il n'y a plus de gaz. Ils sont maintenant sans défense face aux araignées.

- Pas de problème, reprend Ohlala, on a les clés. On va libérer les autres papas et on aura aussi notre armée!
- Regarde derrière toi, dit Grognon en pointant du doigt.

Derrière eux, il y avait des centaines et des centaines de cocons accrochés aux murs de la grotte.

- Il faut se regrouper et on reviendra pour tous les sauver, lance Grognon.

Grognon se retourne et ne voit plus Ohlala. Ce dernier est déjà occupé à courir vers la première cage pour l'ouvrir. Papa Savant et Lasoupe sont les premiers libérés. Papa Intello et Bonzaï sont les suivants. Dans la 3e cage, c'est Hush, Senfout et Solo. Décidément, Ohlala est le héro de la journée!

Juste quand l'espoir remplit le coeur des papas, les araignées sont revenues pour calmer la rébellion. C'est un bombardement de venin et de toiles d'araignées qui pleut sur les Papas hors de leurs cages.

Tenu à l'écart parce qu'il devait prendre William sur ses épaules, Grognon voit la capture de ses amis. Seule Hush est assez rapide pour échapper aux araignées. Grognon, sans trop réfléchir, siffle et fait signe à Hush de les rejoindre.

En sifflant, Grognon a eu l'attention de Hush, mais aussi celle des araignées aux alentours! Quelle bonne idée, soupire ironiquement Ohlala!! Il prend le bras de William sur son cou et court vers le labyrinthe. Hush les rejoint.

- Gauche, droite, droite et gauche, et droite encore, murmure William.

Grognon prend tout de suite à gauche! C'est Hush qui lui crie de s'arrêter!

- Ça, c'était pour rentrer, dit Hush. Pour sortir, il faut faire le contraire! Donc, Gauche, droite, gauche, gauche et enfin droite!

Très perdu et étourdi, Grognon suit Hush qui ouvre la voie. Hush navigue le labyrinthe alors que Grogron se concentre à porter William le plus rapidement possible.

C'est un William à peine éveillé qui est sorti de la grotte en suivant Hush avec l'aide de Grognon. Derrière, suivaient 6 araignées. Grognon les a vues et attend e bon moment pour faire avaler à William les champignons qu'il leur reste.

Et voilà, c'est comme ça que Hush, Grognon, et un William très malade ont réussi à s'échapper de la grotte. Et leurs amis?

- Ah, quelle puanteur!
- On pense qu'on peut s'habituer, mais pas vraiment, ça pue toujours de plus en plus!
- Arrêtez de vous plaindre, on est sorti, non?!

Très étonnés, Grognon, Hush, et William reconnaissent ces voix. Ce sont les voix de Senfout, Solo et Ohlala. Il y avait aussi Papa Lasoupe et Intello avec eux. Dans la confusion totale, ils ont suivi les aboiements de Hush et les gaz de William. C'était la voie la plus facile à suivre.

Ceci est **AU PAYS DES PAPAS.** Bienvenu(e) aux Alphas.

Dr BAK NGUYEN

ÉPISODE 8

"L'ATTAQUE DES PAPAS"

par WILLIAM BAK & Dr BAK NGUYEN

Dr Bak se réveille, il est toujours le matin. C'est vraiment bizarre, il a pourtant dormi toute la matinée et il se réveille encore au levé du soleil. Aurait-il dormi une journée complète? Il se touche le ventre qui ne rend aucun bruit. Il n'a même pas faim. Définitivement, quelque chose ne tourne pas rond.

Il sort de son lit, il est tout habillé. Encore très étrange, il se souvient d'être en pyjama et en peignoir, quand se serait-il changé? Pourquoi il y a des morceaux de mémoire à gauche et à droite qui ne font aucun sens. Il regarde sur la table de nuit et voit la tasse de café. Ça, il se souvient de l'avoir bue. C'est sûrement ça le problème, le café!

Dr Bak jette la tasse de café par terre. L'éclat du verre sur le plancher le réveille, une fois de plus. Il est maintenant dans une pièce complètement noire, c'est vraiment à rien n'y voir! Il entend les jappements de Hush, mais il ne la voit pas. Il cherche de tous les côtés, il entend bien Hush, mais il est seul dans ce mauvais rêve! Un mauvais rêve, maintenant il se souvient, il était avec Hush dans la caverne quand quelque chose les a attaqués!

Dr Bak refoule sa peur. Où est William? Il doit sauver son fils. Il n'entend plus Hush. Il ne voit rien et il sent bien quelqu'un derrière lui. Il se retourne, mais il n'y a personne. Tout d'un coup, il voit un flash blanc l'éblouir, comme si on lui crachait au visage une étrange substance blanche.

Encore une fois, Dr Bak se réveille. Cette fois-ci, il est dans sa chambre d'enfance. Il reconnait ses jouets. Dans le coin, il y a des blocs de lego usés. Il voit un jeune garçon dormir dans le lit. Il se rapproche et se reconnait en pleine enfance. Le petit Dr Bak dort à poing fermé.

La porte est entre ouverte, il y a quelqu'un de l'autre côté qui observe. Il ouvre la porte et voit son père, le grand-papa de William, lui aussi, beaucoup plus jeune. Grand-papa ne l'a pas vu, comme si Dr Bak était un fantôme que personne ne pouvait voir ni entendre.

Grand-papa s'approche du jeune Dr Bak, l'embrasse sur le front en caressant ses cheveux. Dr Bak, le grand, regarde la scène avec émotion, il n'a aucun souvenir de cette tendresse paternelle. Son père et lui sont toujours en train de se disputer. Ils ont même passé plus d'un an sans se parler. Qui est ce papa que Dr Bak aurait tellement aimé connaître.

Grand-papa sort de la chambre. Dr Bak, le grand, le suit. Grand-papa va vers la cuisine, prépare son lunch et son café. Dans la maison, tout le monde dort encore. Il regarde l'heure, il est 4 heures du matin. Son père se prépare pour aller au travail.

Maintenant père lui aussi, Dr Bak sent l'amour de son père, l'homme de la famille, de celui qui doit travailler pour donner à sa famille tout ce dont ils ont besoin. En sortant de la maison, grand-papa fait bien attention de refermer la porte doucement pour ne réveiller personne.

Juste à ce moment, Hush jappe en panique. Elle a senti quelque chose. Dr Bak se retourne et voit Hush qui jappe de façon agressive et court vers la porte. Elle saute. Il a l'impression que Hush ne l'a pas reconnu et qu'elle croit qu'il est un étranger dans la maison. Hush saute comme si elle voulait l'attaquer.

Il se protège, mais Hush passe à travers de lui comme s'il n'existait pas. Il se retourne et voit les ombres derrière la porte. Il voit l'ombre de son père et celle d'une araignée géante qui ouvre la bouche pour le mordre de derrière.

Il crie à son père de se retourner, mais personne ne l'entend. Hush jappe de toutes ses forces, mais elle est impuissante de l'autre côté de la porte. Dr Bak et Hush voient l'araignée mordre grand-papa.

Avec une tape sur le cou, grand-papa ne fait guère plus de cas de ce qui l'a mordu. Il est en retard. Il court pour attraper l'autobus. Hush jappe toujours, mais elle aussi, personne ne l'entend. C'est finalement grand-maman qui sort en peignoir et dit doucement à Hush de revenir se coucher. Grand-maman, elle marche! Elle est si jeune et tellement belle. Elle passe par la chambre du petit Dr Bak. Elle le regarde dormir et lui caresse les cheveux tendrement.

Dr Bak se souvient de ces moments de tendresse où il se réveillait et voyait sa mère lui caresser les cheveux en lui disant de se rendormir. Ce qu'il venait de voir de nouveau était la tendresse de son père qui était là, un peu plus tôt.

Et l'araignée, elle avait bel et bien mordu grand-papa, mais elle n'avait pas eu le temps de cracher tout son venin. Grand-papa n'est pas tombé endormi. Quand il a tapé sur son cou, il a tué l'araignée, mais il l'a aussi coincée là. L'araignée est peut-être morte, mais son venin a continué à sortir lentement pour changer grand-papa. Le venin a endormi la joie de grand-papa.

Maintenant Dr Bak a tout compris. Il se précipite vers la porte pour avertir son père d'aller à l'hôpital pour soigner la morsure. Il ouvre la porte et il est en pyjama, dans son lit avec le soleil du matin…

***

Hush et les papas courent vers le village. Grognon et Ohlala s'échangent pour porter William qui a perdu connaissance. Ils arrivent en bordure du village et ne voit personne.

Il y a quelqu'un qui bouge dans une des maisons. Ils s'approchent discrètement. Ils font très attention parce qu'ils savent que les araignées ont attaqué le village et qu'elles peuvent se changer en papa. C'est papa Baveux qui était en train de préparer de la soupe.

- Baveux? Il sait cuisiner, lui, demande Solo?!
- Oui, c'est très étrange, ajoute Senfout. Comment on fait pour s'assurer qu'il n'est pas une araignée?

- Pour ça il faut que William pète, répond Ohlala, mais le pauvre, il est encore malade et sans connaissance.
- Je me souviens que Grimbal a dit que les araignées ont peur du feu, dit Solo. On peut essayer ça?
- Tu veux brûler Baveux, reprend Senfout?
- Juste un tout petit peu... répond Solo.
- Et si c'est le vrai Baveux, il ne va jamais te le pardonner, ajoute Ohlala.

Alors que les papas sont de nouveau en train de se disputer, Grognon donne un coup de pied violent sur la porte. Il est avec William. C'est un papa Baveux en panique qui laisse tomber sa grosse cuillère dans la marmite.

- Qu'est-ce que ce bazar signifie, crie un papa Baveux très secoué?

Senfout et Solo se précipitent sur Baveux et l'immobilisent à terre. Ils crient à Ohlala de rapprocher la flamme sous la marmite.

- Sérieusement? Vous allez brûler Baveux, demande Ohlala?
- Brûler qui, reprend un Baveux en panique?
- Toi, c'est la seule façon de vérifier si tu n'es pas une araignée, lance Senfout.
- Une quoi, reprend Baveux?! Mais vous êtes dingues, d'abord vous brisez ma porte, vous me sautez dessus et maintenant, vous voulez me faire quoi? Bande d'imbéciles, lâchez-moi! Ce n'est pas drôle du tout!
- Pas plus que tes farces habituelles... lance Solo!
- Arrêtez!

Tous se retournent et voit un William très faible qui murmure. Toutes les couleurs ont disparu de son visage, il est pâle et très faible.

- Il y a un autre moyen de vérifier s'il est une araignée, murmure William.
- Oui, mais tu es trop faible, reprend Ohlala.

Senfout et Solo se regardent confus. Baveux, à terre, n'a pas la moindre idée de se qu'ils parlent alors les autres papas derrière commencent à donner leur opinion. Grognon sait trop bien ce qui va suivre, encore une dispute inutile. Il regarde dans le sac et prend un tout petit champignon. William le regarde très inquiet, mais lui fait oui d'un signe de tête.

D'un mouvement prompt et sec, Grognon fait avaler le champignon à William. Le gaz envahit toute la petite maison. Grognon ferme les yeux, il déteste cette odeur. Cette fois, il sympathise avec le mal de ventre de William.

C'est une odeur enveloppante de soupe aux nouilles qui ramène William à la vie. Papa Ohlala est à ses côtés. William se réveille et voit derrière, Baveux qui aide Papa Lasoupe à cuisiner. Il se retourne et voit un papa Grognon bien veillant et heureux de le voir.

C'est décidément encore un rêve. Un mauvais rêve, car de voir papa Grognon heureux, ça ne colle pas du tout. Et pourtant, cette fois-ci, ce n'était pas un rêve! Hush le confirme en venant lécher le visage de William. Ils mangent et dorment une bonne nuit de sommeil, tous dans la même petite maison.

Le lendemain, William est debout et en pleine forme. Papa Ohlala, Grognon, Solo, Senfout, Baveux, Lasoupe et Intello l'entourent. Ils vont descendre ensemble à la cité des Papas. Ils ne savent pas à quoi s'attendre.

C'est une cité déserte qu'ils trouvent. Il n'y a pas une seule âme, les araignées ont capturé tous les papas! Que faire maintenant? Comment ils vont faire pour sauver Dr Bak et tous les papas, ils ne sont qu'un enfant, un chien qui parle, et 7 papas qui n'arrivent pas à s'entendre?!

- On fait quoi? On ne peut quand même pas les laisser là-bas, demande Senfout?
- Sérieusement, reprend Ohlala, comment peux-tu même poser la question? Tu devrais avoir honte!
- Je n'ai jamais dit de les laisser là-bas, reprend Senfout. Si tu te lavais les oreilles de temps en temps, tu comprendrais que ce n'est pas ce que j'ai dit!
- Il nous faudrait une armée, lance un Solo penseur.
- Une armée de William, crie soudainement Baveux!
- Arrête de te foutre de nous, ce n'est pas drôle et ce n'est pas le moment, rétorque Grognon!
- Ce n'est pas fou ce que tu dis, ajoute Papa Intello en se grattant la barbe. Une armée de William!

Tous très intrigués se sont tus pour écouter le plan de papa Intello. Il leur faudra beaucoup de bouteilles pour commencer. Lasoupe peut s'occuper de ça, il en a tellement dans sa cuisine. Il faudra aussi beaucoup de champignons!

Juste au mot champignon, William a senti des noeuds dans son ventre. Grognon a senti la chair de poule frissonner sur son corps en entier à l'idée des odeurs.

Papa Baveux se mord la langue pour ne pas faire de farce, il est très reconnaissant à William de l'avoir aidé hier. Papa Intello continue: avec les champignons, Lasoupe va en faire une soupe qui va être plus facile à avaler pour William.

- Je vais aussi y ajouté des tomates et de la menthe qui devraient aider le goût, dit fièrement Lasoupe.

Ensuite, les papas devront capturer et embouteiller les gaz de William dans les bouteilles. Ainsi, chacun des papas aura des grenades de gaz pour immobiliser les araignées et sauver tous les papas prisonniers.

- C'est un excellent plan, commence Ohlala, mais je m'inquiète pour William. Hier, on a failli le tuer avec tous ces champignons!
- Et pourquoi pas faire ça avec du feu, ajoute Solo, vous vous souvenez de ce qu'a dit Grimbal?

- Et risquer de brûler la forêt en entier du même coup, demande Intello?
- C'est un risque que je suis prêt à prendre, lance un Grognon paternel.
- Et moi aussi, ajoute un Baveux très sérieux.

Qui aurait cru que Grognon et Baveux s'entendraient un jour? Encore moins auraient cru qu'ils défendraient William ensemble. William en avait les larmes aux yeux. Il avait gagné le respect et l'amour de ces 2 là.

- Mais je ne sais pas comment en bouteiller du feu, reprend Intello. Des gaz oui, mais pas du feu.
- Je vais le faire, avance un William déterminé. Je vais manger ces champignons et je vais écraser toutes ses araignées. Si on travaille ensemble, on peut gagner! On va sauver tous les papas!

C'est ainsi qu'ils se sont séparés la tâche: Hush, Baveux et Grognon, à ramasser le plus de champignons dans la forêt possible; Intello et Lasoupe, à préparer les bouteilles; et Ohlala, à tenir la main de William. Mais William a besoin de bouger. Il veut se préparer à la bataille qui les attend.

William aime beaucoup le Kung Fu et il est un naturel quand il s'agit de bouger. C'est Solo et Senfout qui l'observent à donner des coups de pieds et des coups de poings en art synchronisé. Même Ohlala suit William des yeux. Ils profitent de tout l'avant-midi pour s'entraîner ensemble.

William leur montre ce qu'il sait, Solo le joint avec sa rame et Senfout avec sa hache. Ohlala, lui, parle plus qu'il ne frappe, mais ensemble, ils sont très drôles à voir, pas très beaux, mais très drôles à voir.

Avec les champignons, Papa Lasoupe fait de la magie et les transforme en une soupe délicieuse. La soupe sent si bon que tous les papas veulent y goûter. Même William a aimé, cette soupe aux champignons ne goûtait pas les champignons du tout. Cela n'a pas empêché les gaz qui ont été tous capturés et embouteillés.

C'est une escouace spéciale de Papas, armée de grenades à gaz qui est revenue devant la grotte des araignées.

Devant la grotte, toute l'armée des araignées montait la garde. Elles vont bientôt finir leurs provisions. Il y a des araignées partout, dans toutes les directions.

William, Hush et les papas sont 9. Même armés de grenades à gaz, il leur faut un plan pour libérer le plus de papas possible afin d'équilibrer le nombres de papas versus la multitude d'araignées.

Au centre des araignées, Senfout reconnaît l'autre Jumeau. Alors que son corps est celle d'une araignée, sa tête est celle d'un des papas jumeaux.

- C'est lui le chef, il faut créer une diversion, dit Hush.
- Je suis d'accord, commence Senfout, mais c'est quoi une diversion?

Grognon se frappe la tête, ce n'est pas possible d'être entouré d'idiots de ce genre!

- Vas couper le plus gros arbre en criant le plus fort possible, reprend Grognon.
- Le plus fort possible, demande Senfout qui n'y comprend plus rien. Ça ne va pas attirer toute l'attention sur moi?
- C'est exactement ça l'idée, crie Grognon qui voulait lui arracher la tête!
- Pendant ce temps, William, Hush, et les autres, vous allez vous faufiler pour secourir les papas prisonniers. Je vais rester avec Senfout pour occuper les araignées, avance Solo. Intello, toi et Lasoupe, vous allez nous couvrir en lançant des grenades. Senfout, toi et moi, entre ta hache et ma rame, les araignées vont y goûter!

C'était un excellent plan de bataille. L'escouade se sépare en 2 et tous prennent leur position. C'est Senfout qui commence à couper le plus gros arbre qu'il trouve en chantant à plein poumon: "À la ferme de Mathieurin..."

Senfout est un génie lorsqu'il s'agit d'attirer l'attention. Il attire à lui l'araignée avec la tête du papa Jumeau qui ordonne à ses araignées de lui ramener ce papa bruyant! Ce sont 2 divisions d'araignées qui s'approchent de

Senfout pour le capturer. Juste quand elles sont près, Senfout crie:

- Timber!!!

L'énorme tronc d'arbre s'abat sous un nuage de poussière. Dans la confusion totale, Intello, Solo et Lasoupe ont lancé des grenades de gaz dans toutes les directions. Plus de la moitié des araignées sont prises au piège par le nuage de poussières et n'ont jamais compris qui les attaquaient. Elles sont toutes tombées sur le dos, mortes ou endormies.

Le Jumeau a vu la manoeuvre et s'est protégée avec le reste de son armée. Ce sont 4 papas guerriers qui les attendaient une fois le nuage de poussière dissipée: Solo, une rame de bois à la main, Senfout, avec sa hache, Intello et Lasoupe avec des grenades pleins les poches. Les papas n'ont pas attendu, ils ont chargé tête première vers l'armée des araignées comme dans les légendes des mousquetaires.

Pendant ce temps, William, Hush, Ohlala, Grognon, et Baveux se sont introduits dans la grotte. William se souvient du chemin et guide les papas à travers le labyrinthe. Ils arrivent rapidement à l'endroit où les papas sont emprisonnés.

Les cages sont toutes vides! Il ne restait aucun papa dans les cages. En revanche, sur les murs, il y avait une multitude de cocons. Ohlala se jette sur le premier cocon et, de ses mains nues, commence à déchirer les toiles. William regarde autour et voit un gros cocon, beaucoup plus gros que les autres, celui-là doit être Dr Bak. Il se jette sur le cocon et déchire aussi bien que mal, l'épaisse toile qui composait le cocon.

Baveux et Grognon font la même chose, seule Hush monte la garde. William découvre finalement le visage de Dr Bak, endormi dans le cocon. Ohlala, lui a libéré la tête de Grand-papa , et Baveux, celui de Lavoix. Ils sont tous sans connaissance.

Ohlala commence par ce qu'il sait faire, une belle grande gifle, mais sans grand succès. Baveux crie de toutes ses forces pour réveiller Lavoix, mais il n'a pas plus de chance. William regarde son père. Il crie, il gifle, il pleure. Il est arrivé trop tard.

Même Hush a essayé de lécher le visage de Dr Bak pour le réveiller sans grand succès. Rien n'y réussit. William sent la tristesse l'envahir. C'est trop tard, son papa ne se réveillera plus. Il serre son père contre lui et pleure; ses larmes coulent en abondance.

Ohlala et Baveux continuent de déchirer les cocons et continuent à gifler, crier et secouer les papas prisonniers des cocons. Ce sont finalement les larmes de William qui font fondre les toiles. Son câlin a réchauffé le coeur du Dr Bak qui ouvre finalement les yeux.

William serre son père très fort contre lui. Leurs fronts se touchent comme lorsque William était plus jeune. Leur amour s'illumine et éclaire toute la grotte. Entre la magie de l'amour, les gifles d'Ohlala et les cries de Baveux, tous les papas se réveillent.

Parmi les prisonniers, ils retrouvent les vrais papas Jumeaux. Ces 2 là sont fous de rage d'avoir été capturés et qu'on ait volé leur forme. Dès qu'ils se sont réveillés, ils foncent comme des fous vers les araignées sur le champ de bataille.

Les papas nouvellement réveillés ont suivi le cri de bataille des Jumeaux et ont joint la frénésie. Ils ont rapidement repoussé les araignées prises maintenant en sandwich entre les 4 papas guerriers et les papas libérés.

- Timber!

C'est Senfout qui aura ordonné l'avance finale des papas. Ils ont lancé tout ce qu'il leur restait de grenades et l'armée des araignées a disparu sous la poussière.

- Baff, je n'aurai jamais cru que la victoire pouvait puer autant, lance Baveux en riant.
- C'est à ne jamais s'y faire, relance Grognon, qui rit pour la première fois.
- Oh la la, il va falloir nettoyer tout ça maintenant, ajoute Ohlala.
- Ne comptez pas sur moi, j'ai fait plus que ma part aujourd'hui, lance Solo.
- Mais on s'en fout royalement, crie Senfout!

Et tous rient jusqu'à en avoir les larmes aux yeux. Les papas ont gagné!

Ceci est **AU PAYS DES PAPAS.** Bienvenu(e) aux Alphas.

Dr BAK NGUYEN

160

ÉPILOGUE

par WILLIAM BAK & Dr BAK NGUYEN

Il y a eu beaucoup d'émotions aujourd'hui. Les araignées, c'est maintenant une histoire du passé, elles ne sont plus présentes au pays des Papas. Tous les papas capturés ont été libérés et la vie a repris dans la cité des papas.

Le vaisseau est revenu juste à temps pour le grand festin. Les papas teks et les passagers du vaisseau n'ont pas compris ce qui s'est passé, mais ils ne disent jamais non à un festin. Ils ont aidé à faire le plus gros festin jamais préparé de l'histoire des papas!

Des papas libérés, tous sont passés par l'infirmerie pour s'assurer de leur santé. Quelques bleus, de mauvais souvenirs, mais rien de plus. Senfout et Solo, encore la hache et la rame à la main ont refusé de se faire examiner. Il y a des choses qui ne changent pas, ils sont restés de vieux mal commodes. En fait, ils sont devenus très près de William qui s'entraîne avec eux sous les regards bienveillants de Ohlala. Même Baveux et Grognon ne sont pas très loin.

Hush est restée avec Dr Bak qui vient de recevoir son congé de l'infirmerie. Lui aussi, quelques bleus et de mauvais souvenirs, mais il va s'en remettre rapidement.

Dr Bak retrouve les papas et William en train de s'entraîner. Dans l'exercice, William a désarmé Senfout et a cloué Solo par terre. Solo se relève gêné, mais c'est un William chaleureux qui lui tend sa rame. Il embrasse Solo sur la joue innocemment. Ce bec a surpris tout le monde, Papa Solo plus que les autres.

Même si son nom est Papa Solo, Solo vit seul et ne parle jamais de sa famille. C'est comme s'il n'avait jamais eu de famille. Il est plus mal commode que Senfout et plus grognon que Grognon lui-même. De faire partie d'une équipe a définitivement changé sa façon de voir la vie. Ce bec filial de William lui a ouvert le coeur.

William voit Dr Bak qui s'approche avec Hush. Il laisse les papas derrière et court vers son père! Il se jette dans ces bras avec un câlin digne de Papa Ohlala! S'il y a une chose de bien dans cette aventure, c'est que William aura renoué avec la proximité qu'il partageait avec son père alors qu'il était plus petit.

Plus petit, William n'avait pas de problème pour tenir la main de son papa, de l'embrasser ou de lui faire des câlins. En grandissant, il a perdu un peu ces habitudes. Mais à partir de maintenant, il se fout de ce que les gens peuvent dire, il va sauter dans les bras de son père, l'embrasser et lui faire des câlins, même devant tout le monde. C'est comme ça qu'il a fait fondre le cœur de Papa Solo.

Dr Bak, William, et Hush retrouvent leurs amis, Senfout, Solo, Grognon, Ohlala et Baveux. Pour la première fois, tous les papas sont souriants et heureux. Mal commodes, mais ça, c'est une autre histoire.

Ils festoient ensemble dans le village. Pour honorer les héros, les papas ont organisé le festin dans le village des vieux papas et non dans la salle du grand banquet. C'est avec un grand repas sous les étoiles et autour d'un énorme feu de camps que la soirée s'est terminée.

Le lendemain, Solo, Ohlala, Senfout, Baveux, et Grognon raccompagnent William et Dr Bak. Ils retrouvent Grimbal qui se remet tant bien que mal des morsures d'araignées. Hush est collée à Dr Bak et à William, elle sait que ce sont bientôt les adieux.

Grimbal accueille à bras ouverts ses amis. Il fait aller son épée et dit quelques mots magiques que personne ne comprend. Un portail magique s'ouvre. Ohlala serre William fort dans ses bras.

- Tu vas me manquer petit.
- Toi aussi Ohlala, merci pour m'avoir toujours soutenu, murmure William.
- Je n'aurais jamais cru que je dirais ça à quelqu'un un jour, commence Baveux, mais tu es un champion. Ne lâche pas et surtout ne grandis pas trop vite.
- Grandir, répond William, je suis déjà plus grand que toi?! Tu vas me manquer aussi, Baveux. Au fond, tu es adorable!

Cela n'a pas pris plus pour faire rougir l'éternel baveux. Il se cache derrière l'image d'un farceur, mais au fond, c'est un sentimental, ce foutu papa Baveux.

- Moi, je n'ai rien à te dire, commence Senfout.
- Moi non plus, répond William, donne-moi ce gros câlin!

Après, c'est au tour de Grognon de faire ses adieux. Il est à la hauteur de sa réputation et n'est pas content du tout. Le sourire qu'il a trouvé hier a rapidement disparu.

- Je ne suis pas content du tout, lance Grognon.
- Je sais, moi non plus, dit William. Personne ne l'aurait cru, mais tu as cru en moi dans nos moments les plus difficiles. Ces champignons étaient dégoûtants, mais au final, tu avais raison et on a sauvé tous les papas! Tu es la preuve que les papas ne sont pas parfaits, mais

qu'ils sont là quand on en a le plus besoin! Je ne t'oublierais jamais Papa Grognon. Un petit sourire?

Même s'il cachait sa peine dans son éternel grimace, Grognon a laissé échapper une larme que tout le monde a remarqué. Et Solo? Où est papa Solo? Il n'était pas là. Solo est définitivement le plus mal commode des papas. Il est sûrement revenu sur son lac, seul dans sa barque.

William crie à plein poumon:

- Papa Solo, merci, merci et merci. Je t'aime et je ne t'oublierai pas!

Ces mots, Solo ne les a pas entendus. Il était bien loin de la montagne de Grimbal. En fait, son coeur avait fondu et il ne voulait pas pleurer devant les autres. Dans sa barque, tout seul, il fait ses adieux à William.

Pendant ce temps, Dr Bak fait ses adieux à Hush qui lui léchait sans arrêt le visage. Ce voyage au pays des Papas a aussi changé Dr Bak. Il a appris à connaître un William bien différent du petit garçon gâté dont il avait l'habitude. Il n'en était pas à ces premiers adieux avec Hush, quelque part au fond de lui, il sait que ce n'est qu'un au revoir, ils se retrouveront éventuellement.

Hush saute sur William pour lui faire ses adieux et rejoint enfin Grimbal. Tous leur font des au revoirs de la main alors que William prend la main de Dr Bak et traverse le portail.

***

Dr Bak se réveille dans son lit. C'est Noël. À côté de lui est allongée Tranie, sa meilleure amie qui dort encore. Il se lève et va dans la chambre de William qui dort les poings serrés. Il s'approche, lui caresse les cheveux et l'embrasse sur le front. Il n'a rien oublié de ce rêve au pays des Papas.

Il s'habille et prend la voiture pour retrouver ses propres parents. Son père, le grand-papa de William, était à l'extérieur, une pelle à la main, à déneiger la cour arrière. Dr Bak connait bien son père. Dans ces moments-là, son père est intolérable, de mauvaise humeur et très mal commode.

C'est en fin un mélange de Grognon, Solo et Senfout multiplié par 2! Mais il se souvient aussi de ce qu'il a vu dans le cocon, la tendresse et la morsure de l'araignée. Comme William, lui aussi a grandi et a pris ses distances. Il a toujours blâmé son père d'être mal commode, mais c'est lui qui a pris ses distances.

Dr Bak sort de la voiture et salue son père. Ce dernier ne lui répond pas, il est trop occupé à pelleter. Dr Bak s'approche et, chaleureusement, serre son papa dans ses bras. Grand-papa est très surpris par le geste, juste avant qu'il n'ait le temps de dire un mot, Dr Bak l'embrasse tendrement sur la joue. C'était une image peu commune, mais aussi la plus belle des scènes d'hivers. Alors que Dr Bak serre contre lui son père, la neige a recommencé à tomber...

Il y a des pelles pour 2!

***

William se réveille enfin. Il a dormi pendant plusieurs jours. Bien sûr, cela est impossible, mais c'est bien son impression. C'est Édith qui l'accueil et lui souhaite le bon matin.

Elle lui dit d'aller se brosser les dents, elle a préparé une bonne soupe aux champignons pour lui. William sursaute, une soupe aux champignons?!

-Nooooonn!

Ceci est **AU PAYS DES PAPAS.** Bienvenu(e) aux Alphas.

DES PAPAS, IL Y EN A DE TOUTES LES COULEURS
ET POUR TOUTES LES SAVEURS.

Dr BAK NGUYEN

ANNEXE

GLOSSAIRE DU Dr BAK

1

1SELF -080

REINVENT YOURSELF FROM ANY CRISIS

BY Dr. BAK NGUYEN

In 1SELF is about to reinvent yourself to rise from any crisis. Written in the midst of the COVID war, now more than ever, we need hope and the know-how to bridge the future. More than just the journey of Dr. Bak, this time, Dr. Bak is sharing his journey with mentors and people who built part of the world as we know it. Interviewed in this book, CHRISTIAN TRUDEAU, former CEO and FOUNDER of BCE EMERGIS (BELL CANADA), he also digitalized the Montreal Stock Exchange.RON KLEIN, American Innovator, inventor of the magnetic stripe of the credit card, of MLS (Multi-listing services) and the man who digitalized WALL STREET bonds markets.ANDRE CHATELAIN, former first vice-president of the MOVEMENT DESJARDINS. Dr. JEAN DE SERRES, former CEO of HEMA QUEBEC. These men created billions in values and have changed our lives, even without us knowing. They all come together to share their experiences and knowledge to empower each and everyone to emerge stronger from this crisis, from any crisis.

A

AFTERMATH -063
BUSINESS AFTER THE GREAT PAUSE
BY Dr. BAK NGUYEN & Dr. ERIC LACOSTE

In AFTERMATH, Dr. Bak joins forces with Community leader and philanthrope Dr. Eric Lacoste. Two powerful minds and forces of nature in the reaction to the worst economic meltdown in modern times. We are all victims of the CORONA virus. Both just like humans have learned to adapt to survive, so is our economy. Most business structures and management philosophies are inherited from the age of industrialization and beyond. COVID-19 has shot down the world economy with months. At the time of the AFTERMATH, the truth is many corporations and organizations will either have to upgrade to the INFORMATION AGE or disappear. More than the INFORMATION upgrade, the era of SOCIAL MEDIA and the MILLENNIALS are driving a revolution in the core philosophy of all organizations. Profit is not king anymore, support is. In this time and age where a teenager with a social account can compete with the million dollars PR firm, social implication is now the new cornerstone. Those who will adapt will prevail and prosper, while the resistance and old guards will soon be forgotten as fossils of a past era.

ALPHA DENTISTRY vol. 1 -104
DIGITAL ORTHODONTIC FAQ
BY Dr. BAK NGUYEN

In ALPHA DENTISTRY, DIGITAL ORTHODONTICS FAQ, Dr. Bak is looking to democratize the science of dentistry, starting with orthodontic. In a word, he is sharing everything a patient needs to know on the matter in FAQ form. In order to make the knowledge complete and universal, Dr. Bak has invited Alpha Dentists from all around the world to join in and to answer the same question. With Alpha Dentist from America and Europe, ALPHA DENTISTRY is the first effort to create a universal knowledge in the field of dentistry, starting with orthodontics. ALPHA DENTISTRY, DIGITAL ORTHODONTICS FAQ is in response to the COVID crisis, the shortage of staff crisis, and the effort to unify dentistry to the Information Age, as discussed in RELEVANCY and COVIDCONOMICS, THE DENTAL INDUSTRY.

ALPHA DENTISTRY vol. 1 -109
DIGITAL ORTHODONTIC FAQ ASSEMBLED EDITION

🇺🇸 USA 🇪🇸 SPAIN 🇩🇪 GERMANY 🇮🇳 INDIA 🇨🇦 CANADA

BY Dr. BAK NGUYEN, Dr. PAUL OUELLETTE, Dr. PAUL DOMINIQUE, Dr. MARIA KUNSTADTER, Dr. EDWARD J. ZUCKERBERG, Dr. MASHA KHAGHANI, Dr. SUJATA BASAWARAJ, Dr. ALVA AURORA, Dr. JUDITH BÄUMLER, and Dr. ASHISH GUPTA

In ALPHA DENTISTRY, DIGITAL ORTHODONTICS FAQ, Dr. Bak is democratizing the science of dentistry, starting with orthodontics. In a word, he is sharing everything a patient needs to know on the matter in FAQ form, simple words you'll understand.10 International Alpha Doctors, from USA, Spain, Germany, India, and Canada are joining forces to make the knowledge complete and universal. ALPHA DENTISTRY is the first effort to create a universal knowledge in the field of dentistry, this is the orthodontics volume. This is the most ambitious book project in the History of Dentistry. ALPHA DENTISTRY is in response to the COVID crisis, the shortage of staff crisis, and the effort to unify dentistry to the Information Age, as discussed in RELEVANCY and COVIDCONOMICS, THE DENTAL INDUSTRY.

ALPHA DENTISTRY vol. 1 -113
DIGITAL ORTHODONTIC FAQ INTERNATIONAL EDITION

🇺🇸 ENGLISH 🇪🇸 SPANISH 🇩🇪 GERMAN 🇮🇳 HINDI 🇨🇦 FRANÇAIS

BY Dr. BAK NGUYEN, Dr. PAUL OUELLETTE, Dr. PAUL DOMINIQUE, Dr. MARIA KUNSTADTER, Dr. EDWARD J. ZUCKERBERG, Dr. MASHA KHAGHANI, Dr. SUJATA BASAWARAJ, Dr. ALVA AURORA, Dr. JUDITH BÄUMLER, and Dr. ASHISH GUPTA

In ALPHA DENTISTRY, DIGITAL ORTHODONTICS FAQ, Dr. Bak is democratizing the science of dentistry, starting with orthodontics. In a word, he is sharing everything a patient needs to know on the matter in FAQ form, simple words you'll understand.10 International Alpha Doctors, from USA, Spain, Germany, India, and Canada are joining forces to make the knowledge complete and universal. ALPHA DENTISTRY is the first effort to create a universal knowledge in the field of dentistry, this is the orthodontics volume. This is the most ambitious book project in the History of Dentistry. ALPHA DENTISTRY is in response to the COVID crisis, the shortage of staff crisis, and the effort to unify dentistry to the Information Age, as discussed in RELEVANCY and COVIDCONOMICS, THE DENTAL INDUSTRY.

ALPHA LADDERS -075
CAPTAIN OF YOUR DESTINY
BY Dr. BAK NGUYEN & JONAS DIOP

In ALPHA LADDERS, Dr. Bak is sharing his private conversation and board meetings with 2 of his trusted lieutenants, strategist Jonas Diop and international Counsellor, Brenda Garcia. As both the Dr. Bak and ALPHA brands are gaining in popularity and traction, it was time to get the movement to the next level. Now, it's about building a community and to help everyone willing to become ALPHAS to find their powers. Dr. Bak is a natural recruiter of ALPHAS and peers. He also spent the last 20 years plus, training and mentoring proteges. Now comes the time to empower more and more proteges to become ALPHAS. ALPHAS LADDERS is the journey of how Dr. Bak went from a product of Conformity to rise into a force of Nature, know as a kind tornado. In ALPHA LADDERS Jonas pushed Dr. Bak to retrace each of the steps of his awakening, steps that we can breakdown and reproduce for ourselves. The goal is to empower each willing individual to become the ultimate Captain of his or her destiny, and to do it, again and again. Welcome to the Alphas.

ALPHA LADDERS 2 -081
SHAPING LEADERS AND ACHIEVERS
BY Dr. BAK NGUYEN & BRENDA GARCIA

In ALPHA LADDERS 2, Dr. Bak is sharing the second part of his private conversation and board meetings with his trusted lieutenants. This time it is with international Counsellor, Brenda Garcia that the dialogue is taking place. In this second tome, the journey is taken to the next level. If the first tome was about the WHYs and the HOWs at an individual level, this tome is about the WHYs and the HOWs at the societal level. Through the lens of her background in international relations and diplomacy, Brenda now has the mission to help Dr. Bak establish structures, not only for his emerging organization and legacy, THE ALPHAS, but to also inspire all the other leaders and structures of our society. To do this, Brenda is taking Dr. Bak on an anthropological, sociological and philosophical journey to revisit different historical key moments in various fields and eras, going as far back as in ancient Greece at the dawn of democracy, all the way to the golden era of modern multilateralism embodied by the UN structure. Learning from the legacies of prominent figures going from Plato to Ban Ki Moon, Martin Luther King or Nelson Mandela, to Machiavelli, Marx and Simone de Beauvoir, Brenda and Dr. Bak are attempting to grasp the essence of structure and hierarchy, their goal being to empower each willing individual to become the ultimate Captain of their own success, to climb up the ladders no matter how high it is, and to build their legacy one step at a time.

AMONGST THE ALPHAS -058

BY Dr. BAK NGUYEN, with Dr. MARIA KUNDSTATER, Dr. PAUL OUELLETTE and Dr. JEREMY KRELL

In AMONGST THE ALPHAS Dr. Bak opens the blueprint of the next level with the hope that everyone can be better, bigger, wiser, but above all, a philosophy of Life that if, well applied, can bring inspiration to life. The Alphas rose in the midst of the COVID war as an International Collaboration to empower individuals to rise from the global crisis. Joining Dr. Bak are some of the world thinkers and achievers, the Alphas. Doctors, business people, thinkers, achievers, influencers, they are coming together to define what is an Alpha and his or her role, making the world a better place. This isn't the American dream, it is the human dream, one that can help you make History.Joining Dr. Bak are 3 Alpha authors, Dr. Maria Kundstater, Dr. Paul Ouellette and Dr. Jeremy Krell. This book started with questions from coach Jonas Diop. Welcome to the Alphas.

AMONGST THE ALPHAS vol.2 -059
ON THE OTHER SIDE

BY Dr. BAK NGUYEN with Dr. JULIO REYNAFARJE, Dr. LINA DUSEVICIUTE and Dr. DUC-MINH LAM-DO

In AMONGST THE ALPHAS 2, Dr. Bak continues to explore the meaning of what it is to be an Alpha and how to act amongst Alphas, because as the saying taught us: alone one goes fast, together we goes far. Some people see the problem. Some people look at the problem, some people created the problem. Some people leverage the problem into solutions and opportunities. Well, all of those people are Alphas. Networking and leveraging one another, their powers and reach are beyond measure. And one will keep the other in line too. Joining Dr. Bak are 3 Alphas from around the world coming together to share and collaborate, Dr. DUSEVICIUTE, Dr. LAM-DO and Dr. REYNAFARJE. This isn't the American dream, it is the human dream, one that can help you make History. Welcome to the Alphas.

AU PAYS DES PAPAS -106

BY Dr. BAK NGUYEN & WILLIAM BAK

On ne nait pas papa. On le devient. Dans sa quête d'être le meilleur papa possible pour William, Dr. Bak monte au pays des papas avec William à la recherche du papa parfait. Comme pour tout dans la vie, il doit exister une recette pour faire des papas parfaits. AU PAYS DES PAPAS est le récit des souvenirs des papas que Dr. Bak a croisé avant, alors et après qu'il soit devenu papa lui aussi. Une histoire drôle et innocente pour un Noël magique, ceci est la nouvelle aventure de William et de son papa, le Dr. Bak. Entre les livres de poulet, LEGENDS OF DESTINY et les des livres parentaux de Dr. Bak, AU PAYS DES PAPAS nous amène dans le monde magique de ces êtres magiques qui forgent des rêves, des vies et des destins.

AU PAYS DES PAPAS 2 -108

BY Dr. BAK NGUYEN & WILLIAM BAK

On ne nait pas papa, ça on le sait après le premier voyage AU PAYS DES PAPAS. Suite à leur première expédition, Dr. Bak et William ont compris qu'il n'y a pas de papas parfaits ni de recette pour faire des papas parfaits. Pourtant, les papas parfaits existent! Dans ce 2e récit AU PAYS DES PAPAS, William revient avec son papa, Dr. Bak, mais cette fois, c'est William qui dirige l'expédition. Même s'il n'existe pas de recette pour faire des papas parfaits, il doit toutefois exister des façons de rendre son papa meilleur, version 2.0! C'est la nouvelle quête de William et du Dr. Bak, à la recherche de la mise-à-jour parfaite pour le meilleur papa 2.0 possible! William est déterminé à tout pour trouver la recette cette fois-ci! AU PAYS DES PAPAS 2 est le nouveau récit des aventures père-fils du Dr. Bak et de William Bak, après AU PAYS DES PAPAS 1, les livres de poulets, LEGENDS OF DESTINY et les BOOKS OF LEGENDS.

B

BOOTCAMP -071
BOOKS TO REWRITE MINDSETS INTO WINNING STATES OF MIND

BY Dr. BAK NGUYEN

In BOOTCAMP 8 BOOKS TO REWRITE MINDSETS INTO WINNING STATES OF MIND, Dr. Bak is taking you into his past, before the visionary entrepreneur, before the world records, before the Industry's disruptor status. Here are 8 of the books that changed Dr. Bak's thinking and, therefore, reset his evolution into the course we now know him for. BOOTCAMP: 8 BOOKS TO REWRITE MINDSETS INTO WINNING STATES OF MIND, is a Bootcamp of 8 weeks for anyone looking to experience Dr. Bak's training to become THE Dr. BAK you came to know and love. This book will summarize how each title changed Dr. Bak mindset into a state of mind and how he applied that to rewrite his destiny. 8 books to read, that's 8 weeks of Bootcamp to access the power of your MIND and of your WILL. Are you ready for a change?

BRANDING -044
BALANCING STRATEGY AND EMOTIONS
BY Dr. BAK NGUYEN

BRANDING is communication to its most powerful state. Branding is not just about communicating anymore but about making a promise, about establishing a relation, about generating an emotion. More than once, Dr. Bak proved himself to be a master, communicating and branding his ideas into flags attracting interest and influences, nationally and internationally. In BRANDING, Dr. Bak shares a very unique and personal journey, branding Dr. Bak. How does he go from Dr. Nguyen, a loved and respected dentist to becoming Dr. Bak, a world anchor hosting THE ALPHAS in the medical and financial world?More than a personal journey, BRANDING helps to break down the steps to elevate someone with nothing else but the force of his or her spirit. Welcome to the Alphas.

CHANGING THE WORLD FROM A DENTAL CHAIR -007
BY Dr. BAK NGUYEN

Since he has received the EY's nomination for entrepreneur of the year for his startup Mdex & Co, Dr. Bak Nguyen has pushed the opportunity to the next level. Speaker, author, and businessman, Dr. Bak is a true entrepreneur and industries' disruptor. To compensate for the startup's status of Mdex & Co, he challenged himself to write a book based on the EY's questionnaire to share an in-depth vision of his company. With "Changing the World from a dental chair" Dr. Bak is sharing his thought process and philosophy to his approach to the industry. Not looking to revolutionize but rather to empower, he became, despite himself, an industries disruptor: an entrepreneur who has established a new benchmark. Dr. Bak Nguyen is a cosmetic dentist and visionary businessman who won the GRAND HOMAGE prize of "LYS de la Diversité" 2016, for his contribution as a citizen and entrepreneur in the community. He also holds recognitions from the Canadian Parliament and the Canadian Senate.

In 2003, he founded Mdex, a dental company upon which in 2018, he launched the most ambitious private endeavour to reform the dental industry, Canada wide. He wrote seven books covering ENTREPRENEURSHIP, LEADERSHIP, QUEST of IDENTITY, and now, PROFESSION HEALTH. Philosopher, he has close to his heart the quest of happiness of the people surrounding him, patients, and colleagues alike. Those projects have allowed Dr. Nguyen to attract interests from the international and diplomatic community and he is now the centre of a global discussion on the wellbeing and the future of the health profession. It is in that matter that he shares with you his thoughts and encourages the health community to share their own stories.

CHAMPION MINDSET -039
LEARNING TO WIN
BY Dr. BAK NGUYEN & CHRISTOPHE MULUMBA

CHAMPION MINDSET is the encounter of the business world and the professional sports world. Industries' Disruptor Dr. BAK NGUYEN shares his wisdom and views with the HAMMER, CFL Football Star, Edmonton's Eskimos CHRISTOPHE MULUMBA on how to leverage on the champion mindset to create successful entrepreneurs. Writing and challenging each other, they discovered the parallels and the difference of both worlds, but mainly, the recipe for leveraging from one to succeed in the other, from champions and entrepreneurs to WINNERS. Build and score your millions, it is a matter of mindset! This is CHAMPION MINDSET.

EMPOWERMENT -069
BY Dr. BAK NGUYEN

In EMPOWERMENT, Dr. Bak's 69th book, writing a book every 8 days for 8 weeks in a row to write the next world record of writing 72 books/36 months, Dr. Bak is taking a rest, sharing his inner feelings, inspiration, and motivation. Much more than his dairy, EMPOWERMENT is the key to walk in his footsteps and to comprehend the process of an overachiever. Dr. Bak's helped and inspired countless people to find their voice, to live their dream, and to be the better version of themselves. Why is he sharing as much and keep sharing? Why is he going that fast, always further and further, why and how is he keeping his inspiration and momentum? Those are all the answers EMPOWERMENT will deliver to you. This book might be one of the fastest Dr. Bak has written, not because of time constraints but from inspiration, pure inspiration to share and to grow. There is always a dark side to each power, two faces to a coin. Well, this is the less prominent facets of Dr. Bak Momentum and success, the road to his MINDSET.

F

FORCES OF NATURE -015
FORGING THE CHARACTER OF WINNERS
BY Dr. BAK NGUYEN

In FORCES OF NATURE, Dr. Bak is giving his all. This is his 15 books written within 15 months. It is the end of a marathon to set the next world record. For the occasion, he wanted to end with a big bang! How about a book with all of his biggest challenges? A Quest of Identity, a journey looking for his name and powers, Dr. Bak is borrowing with myths and legends to make this journey universal. Yes, this is Dr. Bak's mythology. Demons, heroes and Gods, there are forces of Nature that we all meet on our way for our name. Some will scare us, some will fight us, some will manipulate us. We can flee, we can hide, we can fight. What we do will define our next encounter and the one after. A tale of personal growth, a journey to find power and purpose, Dr. Bak is showing us the path to freedom, the Path of Life. Welcome to the Alphas.

H

HORIZON, BUILDING UP THE VISION -045
VOLUME ONE
BY Dr. BAK NGUYEN

Dr. Bak is opening up at your demand! Many of you are following Dr. Bak online and are asking to know more about his lifestyle. This is how he has chosen to respond: sharing his lifestyle as he traveled the world and what he learned in each city to come to build his Mindset as a driver and a winner. Here are 10 destinations (over 69 that will be following in the next volumes...) in which he shares his journey. New York, Quebec, Paris, Punta Cana, Monaco, Los Angeles, Nice, Holguin, the journey happened over twenty years.

HORIZON, ON THE FOOTSTEP OF TITANS -048
VOLUME TWO
BY Dr. BAK NGUYEN

Dr. Bak is opening up at your demand! Many of you are following Dr. Bak online and are asking to know more about his lifestyle. This is how he has chosen to respond: sharing his lifestyle as he traveled the world and what he learned in each city to come to build his Mindset as a driver and a winner. Here are 9 destinations (over 72 that will be following in the next volumes...) in which he shares his journey. Hong Kong, London, Rome, San Francisco, Anaheim, and more…, the journey happened over twenty years. Dr. Bak is sharing with you his feelings, impressions, and how they shaped his state of mind and character into Dr. Bak. From a dreamer to a driver and a builder, the journey started since he was 3. Wealth is a state of mind, and a state of mind is the basis of the drive. Find out about the mind of an Industry's disruptor.

HORIZON, DREAMING OF THE FUTURE -068
VOLUME THREE
BY Dr. BAK NGUYEN

Dr. Bak is back. From the midst of confinement, he remembers and writes about what life was, when traveling was a natural part of Life. It will come back. Now more than ever, we need to open both our hearts and minds to fight fear and intolerance. Writing from a time of crisis, he is sharing the magic and psychological effect of seeing the world and how it has shaped his mindset. Here are 9 other destinations (over 75) in which he shares his journey. Beijing, Key West, Madrid, Amsterdam, Marrakech and more…, the journey happened over twenty years.

HOW TO TO BOOST YOUR CREATIVITY TO NEW HEIGHTS -088
BY Dr. BAK NGUYEN

In HOW TO BOOST YOUR CREATIVITY TO NEW HEIGHTS, Dr. Bak is sharing his secrets of creativity and insane production pace with the world. Up to lately, Dr. Bak shared his secrets about speed and momentum but never has he opened up about where he gets his inspiration, time and time again. To celebrate his new world record of writing 100 books in 4 years, Dr. Bak is joined by his proteges strategist Jonas Ciop, international counsellor Brenda Garcia and prodigy William Bak for the writing of his secrets on creativity. Brenda, Jonas and William all have witnessed Dr. Bak creativity. This time, they will stand in to ask the right questions to unleash that creative power in ways for others for follow the trail. Part of the MILLION DOLLAR MINDET series, HOW TO BOOST YOUR CREATIVITY TO NEW HEIGHTS is Dr. Bak's open book to one of his superpower.

HOW TO NOT FAIL AS A DENTIST -047
BY Dr. BAK NGUYEN

In HOW TO NOT FAIL AS A DENTIST, Dr. Bak is given 20 plus years of experience and knowledge of what it is to be a dentist on the ground. PROFESSIONAL INTELLIGENCE, FINANCIAL INTELLIGENCE and MANAGEMENT INTELLIGENCE are the fields that any dentist will have to master for a chance to success and a shot for happiness practicing dentistry. Where ever you are starting your career as a new graduate or a veteran in the field looking to reach the next level, this is book smart and street smart all into one. This is Million Dollar Mindset applied to dentistry. We won't be making a millionaire out of you from this book, we will be giving you a shot to happiness and success. The million will follow soon enough.

HOW TO WRITE A BOOK IN 30 DAYS -042

BY Dr. BAK NGUYEN

In HOW TO WRITE YOUR BOOK IN 30 DAYS, Dr. Bak has crafted writing skills and techniques that can be shared and mastered. This book is mainly about structure and how to keep moving forward, avoiding the hit of the INSPIRATION WALL. You will find a wealth of wisdom from his experience writing your first, second, or even 10th book. Dr. Bak is sharing his secrets writing books, having written himself 72 books within 36 months. Visionary businessman, doctor in dentistry, Dr. Bak describes himself as a Dentist by circumstances, a communicator by passion, and an entrepreneur by nature.

HOW TO WRITE A SUCCESSFUL BUSINESS PLAN -049

BY Dr. BAK NGUYEN & ROUBA SAKR

In HOW TO WRITE A SUCCESSFUL BUSINESS PLAN, Dr. Bak is given 20 plus years of experience and knowledge of what it is to be an entrepreneur and more importantly, how to have the investors and banks on your side. Being an entrepreneur is surely not something you learn from school, but there are steps to master so you can communicate your views and vision. That's the only way you will have financing.Writing a business is only not a mandatory stop only for the bankers, but an essential step to every entrepreneur, to know the direction and what's coming next. A business plan is also not set in stone, if there is a truth in business is that nothing will go as planned. Writing down your business plan the first time will prepare you to adapt and to overcome the challenges and surprises. For most entrepreneurs, a business is a passion. To most investors and all banks, a business is a system. Your business plan is the map to that system. However unique your ideas and business are, the mapping follows the same steps and pattern.

HUMILITY FOR SUCCESS -051
BALANCING STRATEGY AND EMOTIONS

BY Dr. BAK NGUYEN

HUMILITY FOR SUCCESS is exploring the emotional discomforts and challenges champions, and overachievers put themselves through. Success is never done overnight and on the way, just like the pain and the struggles aren't enough, we are dealing with the doubts, the haters, and those who like to tell us how to live our lives and what to do. At the same time, nothing of worth can be achieved alone. Every legend has a cast of characters, allies, mentors, companions, rivals, and foes. So one needs the key to social behaviour. HUMILITY FOR SUCCESS is exploring the matter and will help you sort out beliefs from values, peers from friends. Humility is much more about how we see ourselves than how others see us. For any entrepreneur and champion, our daily is to set our mindset right, and to perfect our skills, not to fit in. There is a world where CONFIDENCE grows is in synergy with HUMILITY. As you set the right label on the right belief, you will be able to grow and to leave the lies and haters far behinds. This is HUMILITY FOR SUCCESS.

HYBRID -011
THE MODERN QUEST OF IDENTITY
BY Dr. BAK NGUYEN

IDENTITY -004
THE ANTHOLOGY OF QUESTS
BY Dr. BAK NGUYEN

What if John Lennon was still alive and running for president today? What kind of campaign will he be running? IDENTIFY -THE ANTHOLOGY OF QUESTS is about the quest each of us has to undertake, sooner or later, THE QUEST OF IDENTITY. Citizen of the world, aim to be one, the one, one whole, one unity, made of many. That's the anthology of life! Start with your one, find your unity, and your legend will start. We are all small-minded people anyway! We need each other to be one! We need each other to be happy, so we, so you, so I, can be happy. This is the chorus of life. This is our song! Citizens of the world, I salute you! This is the first tome of the IDENTITY QUEST. FORCES OF NATURE (tome 2) will be following in SUMMER 2021. Also under development, Tome 3 - THE CONQUEROR WITHIN will start production soon.

INDUSTRIES DISRUPTORS -006
BY Dr. BAK NGUYEN

INDUSTRIES DISRUPTORS   is a strange title, one that sparkles mixed feelings. A disruptor is someone making a difference, and since we, in general, do not like change, the label is mostly negative. But a disruptor is mostly someone who sees the same problem and challenge from another angle. The disruptor will tackle that angle and come up with something new from

189

something existent. That's evolution! In INDUSTRIES DISRUPTORS, Dr. Bak is joining forces with James Stephan-Usypchuk to share with us what is going on in the minds and shoes of those entrepreneurs disrupting the old habits. Dr. Bak is changing the world from a dental chair, disrupting the dental, and now the book industry. James is a maverick in the Intelligence space, from marketing to Artificial Intelligence. Coming from very different backgrounds and industries, they end up telling very similar stories. If disruptors change the world, well, their story proves that disruptors can be made and forged. Here's the recipe. Here are their stories.

K

KRYPTO -040
TO SAVE THE WORLD
BY Dr. BAK NGUYEN & ILYAS BAKOUCH

L

L'ART DE TRANSFORMER DE LA SOUPE EN MAGIE -103
PAR Dr. BAK NGUYEN

Dans L'ART DE TRANSFORMER DE LA SOUPE EN MAGIE, Dr. Bak remonte aux sources pour connaître la source de son génie et la recette qui a été transféré à son fils, William Bak, auteur et record mondial dès l'âge de 8 ans. Docteur en médecine dentaire, entrepreneur, écrivain record mondial, musicien, Dr. Bak est d'abord et avant tout un fils qui a une maman qui croit en lui. L'ART DE TRANSFORMER DE LA SOUPE EN MAGIE est dédié à la recette du génie, celle qui pousse une mère a mijoté les ingrédients de l'espoir dans un bouillon d'amour, à y ajuster un zeste de bonheur et un brin d'ambition. Dans la lignée des livres parentaux de Dr. Bak, L'ART DE TRANSFORMER DE LA SOUPE EN MAGIE est dédié à la première femme dans sa vie, celle qui a tracé son destin et celle qui l'a cultivée.

LEADERSHIP -003
PANDORA'S BOX
BY Dr. BAK NGUYEN

LEADERSHIP, PANDORA'S BOX is 21 presidential speeches for a better tomorrow for all of us. It aims to drive HOPE and motivation into each and every one of us. Together we can make the difference, we hold such power. Covering themes from LOYALTY to GENEROSITY, from FREEDOM and INTELLIGENCE to DOUBTS and DEATH, this is not the typical presidential or motivational speeches that we are used to. LEADERSHIP PANDORA'S BOX will surf your emotions first, only to dive with you to touch the core and soul of our meaning: to matter. This is not a Quest of Identity, but the cry to rally as a species, to raise our heads toward the future, and to move forward as a WHOLE. Not a typical Dr. Bak's book, LEADERSHIP, PANDORA'S BOX is a must-read for all of you looking for hope and purpose, all of us, citizens of the world.

LEVERAGE -014
COMMUNICATION INTO SUCCESS
BY Dr. BAK NGUYEN

In LEVERAGE COMMUNICATION TO SUCCESS, Dr. Bak shares his secret and mindsets to elevate an idea into a vision and a vision into an endeavour. Some endeavours will be a project, some others will become companies, and some will grow into a movement. It does not matter, each started with great communication.Communication is a very vast concept, education, sale, sharing, empowering, coaching, preaching entertaining. Those are all different kinds of communication. The intent differs, the audiences vary, the messages are unique but the frame can be templated and mastered. In LEVERAGE COMMUNICATION TO SUCCESS, Dr. Bak is loyal to his core, sharing only what he knows best, what he has done himself. This book is dedicated to communicating successfully in business.

LEGENDS OF DESTINY vol.1 -101
THE PROLOGUES OF DESTINY
BY Dr. BAK NGUYEN & WILLIAM BAK

The war between the forces of death and the legions of life lasted for centuries, ravaging most of the twin planets, Destiny and Earth. The end was so imminent that even the Gods got involved to save life from eternal doom.Heroes rise and fall from all sides. Some fight for good, others, for evil. Gods, titans, angels, demons all took sides in the war. Gods fight and kill other gods. Angel fights alongside demons, striking down Gods and Titans, and rival angels. The war lasted for so long that no one even remembers what they were fighting for. Some fight for domination while others, just to survive,. The war ravages Destiny, the twin sister of planet Earth to the brink of annihilation. All eyes now turn to Earth. As the balance of the creation itself hands in the balance, a species emerges as holding the balance to victory: mankind. For the future of Humanity, of Gods and men and everything in between, this is the last stand of Destiny, a last chance for life.

LEGENDS OF DESTINY vol.2 -107
THE BOOK OF ELVES
BY Dr. BAK NGUYEN & WILLIAM BAK

Caught between the Orcs invading from the center of Destiny, the Angels raining down and the Demons eating from within, the Elves are turning from their old beliefs and Gods for salvation. For Millennials, Elves turned to Odin and the Forces of Nature for answers and guidance. Since the imminent destruction of their kingdoms and cities, a new God is offering Hope, Kal, the old God of fire. Kal gave them more than Hope, he gave the elves who turned to him passage to a new world. But more than hope, more than fear, Elves value honour and Destiny. At least their old guards and heroes do. With their world crumbling down, the rise of the new and younger generations, Elf's society seem to be at the crossroad of evolution. It is convert or die. Or die fighting or die kneeling. The Book of Elves is the story of a civilization facing its fate at the blink of destruction.

M

MASTERMIND, 7 WAYS INTO THE BIG LEAGUE -052
BY Dr. BAK NGUYEN & JONAS DIOP

MASTERMIND, 7 WAYS INTO THE BIG LEAGUE is the result of the encounter of business coach Jonas Diop and Dr. Bak. As a professional podcaster and someone always seeking the truth and ways to leverage success and performance, coach Jonas is putting Dr. Bak to the test, one that should reveal his secret to overachieve month after month, accumulating a new world record every month. Follow those two great minds as they push each other to surpass themselves, each in their own way and own style. MASTERMIND, 7 WAYS INTO THE BIG LEAGUE is more than a roadmap to success, it is a journey and a live testimony as you are turning the pages, one by one.

MIDAS TOUCH -065
POST-COVID DENTISTRY
BY Dr. BAK NGUYEN, Dr. JULIO REYNAFARJE AND Dr. PAUL OUELLETTE

MIDAS TOUCH, is the memoir of what happened in the ALPHAS SUMMIT in the midst of the GREAT PAUSE as great minds throughout the world in the dental field are coming together. As the time of competition is obsolete, the new era of collaboration is blooming. This is the 3rd book of the ALPHAS, after AFTERMATH and RELEVANCY, all written in the midst of confinement. Dr. Julio Reynafarje is bearing this initiative, to share with you the secret of a successful and lasting relationship with your patients, balancing science and psychology, kindness, and professionalism. He personally invited the ALPHAS to join as co-author, Dr. Paul Ouellette, and Dr. Paul Dominique, and Dr. Bak.Together, they have more than 100 years of combined experience, wiscom, trade, skills, philosophy, and secrets to share with you to empower you in the rebuilding of the dental profession in the aftermath of COVID. RELEVANCY was about coming together and to rebuild the future. MIDAS TOUCH is about how to build, one treatment plan at a time, one story at a time, one smile at a time.

MINDSET ARMORY -050
BY Dr. BAK NGUYEN

MINDSET ARMORY is Dr. Bak's 49th book, days after he completed his world record of writing 48 books within 24 months, on top of being a CEO of Mdex & Co and a full-time cosmetic dentist. Dr. Bak is undoubtedly an OVERACHIEVER. From his last books, he has shared more and more of his lifestyle and how it forged his winning mindset. Within MINDSET ARMORY, Dr. Bak is sharing with us his tools, how he found them, forged them, and leverage them. Just like any warrior needs a shield, a sword, and a ride, here are Dr. Bak's. For any entrepreneur, the road to success is a long and winding journey. On the way, some will find allies and foes. Some allies will become foes, and some foes might become allies. In today's competitive world, the only constant is change. With the right tool, it is possible to achieve. The right tool, the right mindset. This is MINDSET ARMORY.

MIRROR -085
BY Dr. BAK NGUYEN

MIRROR is the theme for a personal book. Not only to Dr. Bak but to all of us looking to reach beyond who and what we actually are. MIRROR is special in the fact that it is not only the content of the book that is of worth but the process in which Dr. Bak shared his own evolution. To go beyond who we are, one must grow every day. And how do you compare your growth and how far have you reach? Looking in the mirror. In all of Dr. Bak's writing, looking at the past is a trap to avoid at all costs. Looking in the mirror, is that any better? Share Dr. Bak's way to push and keep pushing himself without friction nor resistance. Please read that again. To evolve without friction or resistance… that is the source of infinite growth and the unification of the Quest for Power and the Quest of Happiness.

MOMENTUM TRANSFER -009
BY Dr. BAK NGUYEN & Coach DINO MASSON

How to be successful in your business and in your life? Achieve Your Biggest Goals With MOMENTUM TRANSFER. START THE BUSINESS YOU WANT - AND BRING IT NEXT LEVEL! GET THE LIFE YOU ALWAYS WANTED - AND IMPROVE IT! TAKE ANY PROJECTS YOU HAVE - AND MAKE IT THE BEST! In this powerful book, you'll discover what a small business owner learned from a millionaire and successful entrepreneur. He applied his mentor's principles and is explaining them in full detail in this book. The small business owner wrote the book he has always wanted to read and went from the verge of bankruptcy to quadrupling his revenues in less than 9 months and improve his personal life by increasing his energy and bring back peacefulness. Together, the millionaire and the small business owner are sharing their most valuable business and life lessons to the world. The most powerful book to increase your momentum in your business and your life introduces simple and radical life-changing concepts: Multiply your business revenues by finding the Eye of your Momentum - Increase your energy by building and feeding your own Momentum - How to increase your confidence with these simple steps - How to transfer your new powerful energy into other aspects of your business and life - How to set goals and achieve them (even crush them!)- How to always tap into an effortless and limitless force within you- And much, much more!

P

PLAYBOOK INTRODUCTION 055
BY Dr. BAK NGUYEN

In PLAYBOOK INTRODUCTION, Dr. Bak is open the door to all the newcomers and aspirant entrepreneurs who are looking at where and when to start. Based on questions of two college students wanting to know how to start their entrepreneurial journey, Dr. Bak dives into his experiences to empower the next generation, not about what they should do, but how he, Dr. Bak, would have done it today This is an important aspect to recognize in the business world, the world has changed since the INFORMATION AGE and the advent of the millenniums into the market. Most matrix and know-how have to be adapted to today's speed and accessibility to the information. We are living at the INFORMATION AGE, this book is the precursor to the ABUNDANCE AGE, at least to those open to embrace the opportunity.

PLAYBOOK INTRODUCTION 2 -056
BY Dr. BAK NGUYEN

In PLAYBOOK INTRODUCTION 2, Dr. Bak continuing the journey to welcome the newcomers and aspirant entrepreneurs looking at where and when to start. If the first volume covers the mindset, the second is covering much more in-depth the concept of debt and leverage.This is an important aspect to recognize in the business world, the world has changed since the INFORMATION AGE and the advent of the millenniums into the market. Most matrix and know-how have to be adapted to today's speed and accessibility to the information. We are living at the INFORMATION AGE, this book is the precursor to the ABUNDANCE AGE, at least to those open to embrace the opportunity.

POWER -043
EMOTIONAL INTELLIGENCE
BY Dr. BAK NGUYEN

IN POWER, EMOTIONAL INTELLIGENCE, Dr. Bak is sharing his experiences and secrets leveraging on his EMOTIONAL INTELLIGENCE, a power we all have within. From SYMPATHY, having others opening up to you, to ACTIVE LISTENING, saving you time and energy; from EMPATHY, allowing you to predict the future to INFLUENCE, enabling you to draft the future, not to forget the power of the crowd with MOMENTUM, you are now in possession of power in tune with nature, yourself. It is a unique take on the subject to empower you to find your powers and your destiny. Visionary businessman, doctor in dentistry, Dr. Bak describes himself as a Dentist by circumstances, a communicator by passion, and an entrepreneur by nature.

POWERPLAY -078
HOW TO BUILD THE PERFECT TEAM
BY Dr. BAK NGUYEN

In POWERPLAY, HOW TO BUILD THE PERFECT TEAM, Dr. Bak is sharing with you his experience, perspective, and mistake traveling the journey of the entrepreneur. A serial entrepreneur himself, he started venture only with a single partner as team to build companies with a director of human resources and a board of directors. POWERPLAY is not a story, it is the HOW TO build the perfect team, knowing that perfection is a lie. So how can one build a team that will empower his or her vision? How to recruit, how to train, how to retain? Those are all legitimate questions. And all of those won't matter if the first question isn't answered: what is the reason for the team? There is the old way to hire and the new way to recruit. Yes, Human Resources is all about mindset too! This journey is one of introspection, of leadership, and a cheat sheet to build, not only the perfect team but the team that will empower your legacy to the next level.

PROFESSION HEALTH - TOME ONE -005
THE UNCONVENTIONAL QUEST OF HAPPINESS
BY Dr. BAK NGUYEN, Dr. MIRJANA SINDOLIC, Dr. ROBERT DURAND AND COLLABORATORS

Why are health professionals burning out while they give the best of themselves to heal the world? Dr. Bak aims to break the curse of isolation that health professionals face and establish a conversation to start the healing process. PROFESSION HEALTH is the basis of an ongoing discussion and will also serve as an introduction to a study lead by Professor Robert Durand, DMD, MSc Science from University of Montreal, study co-financed by Mdex and the Federal Government of Canada. Co-writers are Dr. Mirjana Sindolic, Professor Robert Durand, Dr. Jean De Serres, MD and former President of Hema Quebec, Counsel-Minister Luis Maria Kalaff Sanchez, Dr. Miguel Angel Russo, MD, Banker Anthony Siggia, Banker Kyles Yves, and more… This is the first Tome of three, dedicated to help "WHITE COATS" to heal and to find their happiness.

REBOOT -012
MIDLIFE CRISIS
BY Dr. BAK NGUYEN

MidLife Crisis is a common theme to each of us as we reach the threshold. As a man, as a woman, why is it that half of the marriages end up in recall? If anything else would have half those rates of failure, the lawsuits would be raining. Where are the flaws, the traps? Love is strong and pure, why is marriage not the reflection of that? All hard to ask questions with little or no answers. Dr. Bak is sharing his reflections and findings as he reached himself the WALL OF MARRIAGE. This is a matter that affects all of our lives. It is time for some answers.

RELEVANCY - TOME TWO -064
REINVENTING OURSELVES TO SURVIVE
BY Dr. BAK NGUYEN & Dr. PAUL OUELLETTE AND COLLABORATORS

THE GREAT PAUSE was a reboot of all the systems of society. Many outdated systems will not make it back. The Dental Industry is a needed one, it has laid on complacency for far too long. In an age where expertise is global and democratized and can be replaced with technologies and artificial intelligence, the REBOOT will force, not just an update, but an operating system replacement and a firmware upgrade.First, they saved their industry with THE ALPHAS INITIATIVE, sharing their knowledge and vision freely to all the world's dental industry. With the OUELLETTE INITIATIVE, they bought some time to all the dental clinics to resume and to adjust. The warning has been given, the clock is now ticking. who will prevail and prosper and who will be left behind, outdated and obsolete?

RISING -062
TO WIN MORE THAN YOU ARE AFRAID TO LOSE
BY Dr. BAK NGUYEN

In RISING, TO WIN MORE TAN YOU ARE AFRAID TO LOSE, Dr. Bak is breaking down the strategy to success to all, not only those wearing white coats and scrubs. More than his previous book (SUCCESS IS A CHOICE), this one is covering most of the aspects of getting to the next level, psychologically, socially, and financially. Rising is broken down into three key strategies: Financial Leverage - Compressing time - Always being in control. Presented by MILLION DOLLAR MINDSET, the book is covering more than the ways to create wealth, but also how to reach happiness and to live a life without regrets. Dr. Bak the CEO and founder of Mdex & Co, a company with the promise of reforming the whole dental industry for the better. He wrote more than 60 books within 30 months as he is sharing his experiences, secrets, and wisdom.

S

SELFMADE -036
GRATITUDE AND HUMILITY
BY Dr. BAK NGUYEN

This is the story of Dr. Bak, an artist who became a dentist, a dentist who became an Entrepreneur, an Entrepreneur who is seeking to save an entire industry.In his free time, Dr. Bak managed to write 37 books and is a contender to 3 world records to be confirmed. Businessman and visionary, his views and philosophy are ahead of our time. This is his 37th book. In SELFMADE, Dr. Bak is answering the questions most entrepreneurs want to know, the HOWTO and the secret recipes, not just to succeed, but to keep going no matter what! SELFMADE is the perfect read for any entrepreneurs, novices, and veterans.

SHORTCUT vol. 1 - HEALING -093

BY Dr. BAK NGUYEN

In SHORTCUT 408 HEALING QUOTES, Dr. Bak revisits and compiles his journey of healing and growing. Just anyone, he was molded and shaped by Conformity and Society to the point of blending and melting. Walking his journey of healing, he rediscovers himself and found his true calling. And once whole with himself and with the Universe, Dr. Bak found his powers. In SHORTCUT 408 HEALING QUOTES, you have a quick and easy way to surf his mindsets and what allowed him to heal, to find back his voice and wings, and to walk his destiny. You too are walking your Quest of Identity. That one is mainly a journey of healing. May you find yours and your powers.

SHORTCUT vol. 2 - GROWING -094

BY Dr. BAK NGUYEN

In SHORTCUT 408 GROWTH QUOTES, Dr. Bak is compiling his library of books about personal growth and self-improvement. More than a motivational book, more than a compilation of knowledge, Dr. Bak is sharing the mindsets upon which he found his power to achieve and to overachieve. We all have our powers, only they were muted and forgotten as we were forged by Conformity and Society. After the healing process, walking your Quest of Identity, the Quest for you growth and God given power is next to lead you to walk your Destiny.

SHORTCUT vol. 3 - LEADERSHIP -095

BY Dr. BAK NGUYEN

In SHORTCUT 365 LEADERSHIP QUOTES, Dr. Bak is compiling his library of books about leadership and ambition. Yes, the ambition is to find your worth and to make the world a better place for all of us. If the 3rd volume of SHORTCUT is mainly a motivational compilation, it also holds the secrets and mindsets to influence and leadership. If you were looking to walk your legend and to impact the world, you are walking a lonely path. You might on your own, but it does not have to be harder than it is. As we all have your unique challenges, the key to victory is often found in the same place, your heart. And here are 365 shortcuts to keep you believing and to attract more people to you as you are growing into a true leader.

SHORTCUT vol. 4 - CONFIDENCE -096

BY Dr. BAK NGUYEN

SHORTCUT 518 CONFIDENCE QUOTES, is the most voluminous compilation of Dr. Bak's quotes. To heal was the first step. To grow and find your powers came next. As you are walking your personal legend, Confidence is both your sword and armour to conquer your Destiny and to overcome all of the challenges on your way. In SHORTCUT volume four, Dr. Bak comprises all his mindsets and wisdom to ease your ascension. Confidence is not something one is simply born with, but something to nurture, grow, and master. Some will have the chance to be raised by people empowering Confidence, others will have to heal from Conformity to grow their confidence. It does not matter, only once Confident, can one stand tall and see clearly the horizon.

SHORTCUT vol. 5- SUCCESS -097
BY Dr. BAK NGUYEN

Success is not a destination but a journey and a side effect. While no map can lead you to success, the right mindset will forge your own success, the one without medals nor labels. If you are looking to walk your legend, to be successful is merely the beginning. Actually, being successful is often a side effect of the mindsets and actions that you took, you provoked. In SHORTCUT 317 SUCCESS QUOTES, Dr. Bak is revisiting his journey, breaking down what led him to be successful despite the odds stacked against him. As success is the consequence of mindsets, choices, and actions, it can be duplicated over and over again, one just needs to master the mindsets first.

SHORTCUT vol. 6- POWER -098
BY Dr. BAK NGUYEN

That's the kind of power that you will discover within this journey. Power is a tool, a leverage. Well used, it will lead to great achievements. Misused, it will be your downfall. If a sword sometimes has 2 edges, Power is a sword with no handle and multiple edges. You have been warned. In SHORTCUT 376 POWER QUOTES, Dr. Bak is compiling all the powers he found and mastered walking his own legend. If the first power was Confidence, very quickly, Dr. Bak realized that Confidence was the key to many, many more powers. Where to find them, how to yield them, and how to leverage these powers is the essence of the 6th volume of SHORTCUT.

SHORTCUT vol. 7- HAPPINESS -099
BY Dr. BAK NGUYEN

We were all born happy and then, somehow, we lost our ways and forgot our ways home. Is this the real tragedy behind the lost paradise myth? If we were happy once, we can trust our heart to find our way home, once more. This is the journey of the 7th volume of the SHORTCUT series. In SHORTCUT 306 HAPPINESS QUOTES, Dr. Bak is revisiting and compiling all the secrets and mindsets leading to happiness. Happiness is not just a destination but a shrine for Confidence and a safe place to regroup, to heal, to grow. We each have our own happiness. What you will learn here is where to find yours and, more importantly, how to leverage you to ease the journey ahead, because happiness is not your final destination. It can be the key to your legend.

SHORTCUT vol. 8- DOCTORS -100

BY Dr. BAK NGUYEN

If healing was the first step to your destiny and powers, there is a science to heal. Those with that science are doctors, the healers of the world. In India, healers are second only to the Gods! In SHORTCUT 170 DOCTOR QUOTES, Dr. Bak is dedicating the 8th volume of the series to his peers, doctors, from all around the world Doctors too, have to walk their Quest of Identity, to heal from their pain and to walk their legend. Doctors need to heal and rejuvenate to keep healing the world. If healing is their science, in SHORTCUT, they will access the power of leveraging.

SUCCESS IS A CHOICE -060
BLUEPRINTS FOR HEALTH PROFESSIONALS

BY Dr. BAK NGUYEN

In SUCCESS IS A CHOICE, FINANCIAL MILLIONAIRE BLUEPRINTS FOR HEALTH PROFESSIONALS, Dr. Bak is breaking down the strategy to success for all those wearing white coats and scrubs: doctors, dentists, pharmacists, chiropractors, nurses, etc. Success is broken down into three key strategies: Financial Leverage - Compressing time - Always being in control. Presented by MILLION DOLLAR MINDSET, the book is covering more than the ways to create wealth, but also how to reach happiness and to live a life without regrets.Dr. Bak is a successful cosmetic dentist with nearly 20 years of experience. He founded Ndex & Co, a company with the promise of reforming the whole dental industry for the better. While doing so, he discovered a passion for writing and for sharing. Multiple times World Record, Dr. Bak is writing a book every 2 weeks for the last 30 months. This is his 60th book, and he is still practicing. How he does it, is what he is sharing with us, SUCCESS, HAPPINESS, and mostly FREEDOM to all Health Professionals.

SYMPHONY OF SKILLS -001

BY Dr. BAK NGUYEN

You will enlighten the world with your potential. I can't wait to see all the differences that you will have in our world. Remember that power comes with responsibility. We can feel in his presence, a genuine force, a depth of energy, confidence, innocence, courage, and intelligence. Bak is always looking for answers, morning and night, he wants to understand the why and the why not. This book is the essence of the man. Dr. Bak is a force of nature who bears proudly his title eHappy. The man never ceases smiling nor spreading his good vibe wherever he passes. He is not trapped in the nostalgia of the past nor the satisfaction of the present, he embodies the joy of what's possible, what's to come. The more we read the more we share, and we live. That is Bak, he charms us to evolve and to share his points of view, and before we know it, we are walking by his side, a journey we never saw coming.

T

THE 90 DAYS CHALLENGE -061
BY Dr. BAK NGUYEN

THE 90 DAYS CHALLENGE, is Dr. Bak's journey into the unknown. Overachiever writing 2 books a month on average, for the last 30 months, ambitious CEO, Industries' Disruptor, Dr. Bak seems to have success in everything he touches. Everything except the control of his weight. For nearly 20 years, he struggles with an overweight problem. Every time he scored big, he added on a little more weight. Well, this time, he exposes himself out there, in real-time and without filter, accepting the challenge of his brother-in-law, DON VO to lose 45 pounds within 90 days. That's half a pound a day, for three months. He will have to do so while keeping all of his other challenges on track, writing books at a world record pace, leading the dental industry into the new ERA, and keep seeing his patients. Undoubtedly entertaining, this is the journey of an ALPHA who simply won't give up. But this time, nothing is sure.

THE BOOK OF LEGENDS -024
BY Dr. BAK NGUYEN & WILLIAM BAK

The Book of Legends vol. 1 the story behind the world record of Dr. Bak and his son, William Bak. All Dr. Bak had in mind was to keep his promise of writing a book with his son. They ended up writing 8 children's books within a month, scoring a new world record. William is also the youngest author having published in two languages. Those are world records waiting to be confirmed. History will say: to celebrate a first world record (writing 15 books / 15 months), for the love of his son, he will have scored a second world record: to write 8 books within a month! THE BOOK OF LEGENDS vol. 1 This is both a magical journey for both a father and a son looking to connect and to find themselves. Join Dr. Bak and William Bak in their journey and their love for Life!

THE BOOK OF LEGENDS 2 -041

BY Dr. BAK NGUYEN & WILLIAM BAK

THE BOOK OF LEGENDS vol. 2 is the sequel of "CINDERELLA" but a true story between a father and his son. Together they have discovered a bond and a way to connect. The first BOOK OF LEGENDS covered the time of the first four books they wrote together within a month. The second BOOK OF LEGENDS is covering what happened after the curtains dropped, what happened after reality kicked back in. If the first volume was about a fairy tale in vacation time, the second volume is about making it last in real Life. Share their journey and their love of Life!

THE BOOK OF LEGENDS 3 -086
THE END OF THE INNOCENCE AGE

BY Dr. BAK NGUYEN & W LLIAM BAK

THE BOOK OF LEGENDS 3 is a long work extending on almost 3 years. If the shocking duo known as Dr. Bak and prodigy William Bak has marked the imaginary writing world record upon world record, the story is not all pink. After the franchise of the CHICKEN BOOKS, William, now in his pre-teen years, wants to move away from the chicken tales. After 22 chicken books, a break is well deserved. that said, what is next? Both father and son thought that if they could do it once easily, they could do it again! They couldn't be any further from the truth. For 2 years, they were stuck in the quest for their next franchise of books. THE BOOK OF LEGENDS 3 started right around the end of the chicken franchise and would have ended with a failure if the book was to be released on time, holiday season of that year. It took the duo another year to complete their story to add the last chapters of this book, hoping to end with a happy ending. Unfortunately, not all story ends the way we wish… this is the dark tome of the series, where the imagination got eclipsed. Follow william and dr. bak in they fight to keep the magic and connection alive.

THE CONFESSION OF A LAZY OVERACHIEVER -089
REINVENT YOURSELF FROM ANY CRISIS

BY Dr. BAK NGUYEN

In THE CONFESSION OF A LAZY OVERACHIEVER, Dr. Bak is opening up to his new marketing officer, Jamie, fresh out of school. She is young, full of energy, and looking to chill and still to have it all. True to his character, Dr. Bak is giving Jamie some leeway to redefine Dr. Bak's brand to her demographic, the Millennials. This journey is about Dr. Bak satisfying the Millennials and answering their true questions in ife. A rebel himself, his ambition to change the world started back on campus, some 25 years ago… then, life caught up with him. It took Dr. Bak 20 years to shake down the burdens of life, to spread his wings free from Conformity, and to start Overachieving. Doctor, CEO, and world record author, here is what Dr. Bak would have ove to know 25 years ago as was still on campus. In a word, this is cheating your way to success and freedom.

And yes, it is possible. Success, Money, Freedom, it all starts with a mindset and the awareness of Time. Welcome to the Alphas.

THE ENERGY FORMULA -053
BY Dr. BAK NGUYEN

THE ENERGY FORMULA is a book dedicated to help each individual to find the means to reach their purpose and goal in Life. Dr. Bak is a philosopher, a strategist, a business, an artist, and a dentist, how does he do all of that? He is doing so while mentoring proteges and leading the modernization of an entire industry. Until now, Momentum and Speed were the powers that he was building on and from. But those powers come from somewhere too. From a guide of our Quest of Identity, he became an ally in everyone's journey for happiness. THE ENERGY FORMULA is the book revealing step by step, the logic of building the right mindset and the way to ABUNDANCE and HAPPINESS, universally. It is not just a HOW TO book, but one that will change your life and guide you to the path of ABUNDANCE.

THE MODERN WOMAN -070
TO HAVE IT HAVE WITH NO SACRIFICE
BY Dr. BAK NGUYEN & Dr. EMILY LETRAN

In THE MODERN WOMAN: TO HAVE IT ALL WITH NO SACRIFICE, Dr. Bak joins forces with Dr. Emily Letran to empower all women to fulfill their desires, goals, and ambition. Both overachievers going against the odds, they are sharing their experience and wisdom to help all women to find confidence and support to redefine their lives. Dr. Emily Letran is a doctor in dentistry, an entrepreneur, author, and CERTIFIED HIGH-PERFORMANCE coach. For an Asian woman, she made it through the norms and the red tapes to find her voice. As she learned and grew with mentors, today she is sharing her secret with the energy that will motivate all of the female genders to stand for what they deserve. Alpha doctor, Bak is joining his voice and perspective since this is not about gender equality, but about personal empowerment and the quest of Identity of each, man and woman. Once more, Dr. Bak is bringing LEVERAGE and REASON to the new social deal between man and woman. This is not about gender, but about confidence.

THE POWER BEHIND THE ALPHA -008
BY TRANIE VO & Dr. BAK NGUYEN

It's been said by a "great man" that "We are born alone and we die alone." Both men and women proudly repeat those words as wisdom since. I apologize in advance, but what a fat LIE! That's what I learned and discovered in life since my mind and heart got liberated from the burden of scars and the ladders of society. I can have it all, not all at the same time, but I can have everything I put my mind and heart into. Actually, it is not completely true. I can have most of what I and Tranie put our minds into. Together, when we feel like one, there isn't much out of our reach. If I'm the mind, she's the heart; if I'm the Will, she's the means. Synergy is the core of our power.Tranie's aim is always Happiness. In Tranie's definition of life, there are no justifications, no excuses, no tomorrow. For Tranie, Happiness is measured by the minutes of every single day. This is why she's so strong and can heal people around her. That may also be why she doesn't need to talk much, since talking about the past or the future is, in her mind, dimming down the magic of the present, the Now. We both respect and appreciate that we are the whole balancing each other's equation of life, of love, of success. I was the plus and the minus, then I became the multiplication factor and grew into the exponential. And how is Tranie evolving in all of this? She is and always will be the balance. If anything, she is the equal sign of each equation.

THE POWER OF Dr. -066
THE MODERN TITLE OF NOBILITY
BY Dr. BAK NGUYEN, Dr. PAVEL KRASTEV AND COLLABORATORS

In THE POWER OF Dr., independent thinkers mean to exchange ideas. An idea can be very powerful if supported with a great work ethic. Work ethic, isn't that the main fabric of our white coats, scrubs, and title? In an era post-COVID where everything has been rebooted and that the healthcare industry is facing its own fate: to evolve or to be replaced, Dr. Bak and Dr. Favel reveal the source of their power and their playbook to move forward, ahead.The power we all hold is our resilience and discipline. We put that for years at the service of our profession, from a surgical perspective. Now, we can harness that same power to rewrite the rules, the industry, and our future. Post-COVID, the rules are being rewritten, will you be part of the team or left behind? "You can be in control!" More than personal growth and a motivational book, THE POWER OF Dr. is an awakening call to the doctor you look at when you graduate, with hope, with honour, with determination.

THE POWER OF YES -010
VOLUME ONE: IMPACT
BY Dr. BAK NGUYEN

In THE POWER OF YES, Dr. Bak is sharing his journey opening up and embracing the world, one day at a time, one ask at a time, one wish at a time. Far from a dare, saying YES allowed Dr. Bak to rewrite his mindsets and to break all the boundaries. This book is not one written a few days or weeks, but the accumulation of a journey for 12 months. The journeys started as Dr. Bak said YES to his producer to go on stage and to speak… That YES opened a world of possibilities. Dr. Bak embraced each and every one of them. 12 months later, he is celebrating the new world record of writing 9 books written over a period of 12 months. To him, it will be a miss, missing the 12 on 12 mark. To the rest of the world, they just saw the birth of a force of nature, the Alpha force. THE POWER OF YES is comprised of all the introduction of the adult books written by Dr. Bak within the first 12 months. Chapter by chapter, you can walk in his footstep seeing and smelling what he has. This is reality literature with a twist of POWER. THE POWER OF YES! Discover your potential and your power. This is the POWER OF YES, volume one. Welcome to the Alphas.

THE POWER OF YES 2 -037
VOLUME TWO: SHAPELESS
BY Dr. BAK NGUYEN

In THE POWER OF YES, volume 2, Dr. Bak is continuing his journey discovering his powers and influence. After 12 months embracing the world saying YES, he rose as an emerging force: he's been recognized as an INDUSTRIES DISRUPTOR, got nominated ERNST AND YOUNG ENTREPRENEUR OF THE YEAR, wrote 9 books within 12 months while launching the most ambitious private endeavour to reform his own industry, the dental field. Contender too many WORLD RECORDS, Dr. Bak is doing all of that in parallel. And yes, he is sleeping his nights and yes, he is writing his book himself, from the screen of his iPhone! Far from satisfied, Dr. Bak missed the mark of writing 12 books within 12 months and everything else is shaping and moving, and could come crumbling down at each turn. Now that Dr. Bak understands his powers, he is looking to test them and to push them to their limits, looking to keep scoring world records while materializing his vision and enterprises. This is the awakening of a Force of Nature looking to change the world for the better while having fun sharing. Welcome to the Alphas.

THE POWER OF YES 3 -046
VOLUME THREE: LIMITLESS
BY Dr. BAK NGUYEN

In THE POWER OF YES, volume 3, the journey of Dr. Bak continues where the last volume left, in front of 300 plus people showing up to his first solo event, a Dr. Bak's event. On stage and in this book, Dr. Bak reveals how 12 months saying YES to everything changed his life... actually, it was 18 months.From a dentist looking to change the world from a dental chair into a multiple times world record author, the journey of openness is a rendez-vous with Fate. Dr. Bak is sharing almost in real-time his journey, experiences, but above all, his feelings, doubts, and comebacks. From one book to the next, from one journey to the next, follow the adventure of a man looking to find his name, his worth, and his place in the world. Doing so, he is touching people Doing so, he is touching people and initiating their rises. Are you ready for more? Are you ready to meet your Fate and Destiny? Welcome to the Alphas.

THE POWER OF YES 4 -087
VOLUME FOUR: PURPOSE
BY Dr. BAK NGUYEN

In THE POWER OF YES, volume 4, the journey continues days after where the last volume left. After setting the new world record of writing 48 books within 24 months, Dr. Bak is not ready to stop. As volume one covers 12 months of journey, volume 2 covers 6 months. Well, volume 3 covers 4 months. The speed is building up and increasing, steadily. This is volume 4, RISING, after breaking the sound barrier. Dr. Bak has reached a state where he is above most resistance and friction, he is now in a universe of his own, discovering his powers as he walks his journeys. This is no fiction story or wishful thinking, THE POWER OF YES is the journey of Dr. Bak, from one world record to the next, from one book to the next. You too can walk your own legend, you just need to listen to your innersole and to open up to the opportunity. May you get inspiration from the legendary journey of Dr. Bak and find your own Destiny. Welcome to the Alphas.

THE RISE OF THE UNICORN -038
BY Dr. BAK NGUYEN & Dr. JEAN DE SERRES

In THE RISE OF THE UNICORN, Dr. Bak is joining forces with his friend and mentor, Dr. Jean De Serres. Together both men had many achievements in their respective industries, but the advent of eHappyPedia, THE RISE OF THE UNICORN is a personal project dear to both of them: the QUEST OF HAPPINESS and its empowerment. This book is a special one since you are witnessing the conversation between two entrepreneurs looking to change the world by building unique tools and media. Just like any enterprise, the ride is never a smooth one in the park on a beautiful day. But this is about eHappyPedia, it is about happiness, right? So it will happen and with a smile attached to it! The unique value of this book is that you are sharing the ups and downs of the launch of a Unicorn, not just the glory of the fame, but also the doubts and challenges on the way. May it inspire you on your own journey to success and happiness.

THE RISE OF THE UNICORN 2 -076
eHappyPedia
BY Dr. BAK NGUYEN & Dr. JEAN DE SERRES

This is 2 years after starting the first tome. Dr. Bak's brand is picking up, between the accumulation of records and the recognition. eHappyPedia is now hot for a comeback. In THE RISE OF THE UNICORN 2, Dr. Bak is retracing and addressing each of Dr. Jean De Serres' concerns about the weakness of the first version of eHappyPedia and the eHappy movement. This is the sort of the creation and a UNICORN both in finance and in psychology. Never before, you will assist in such daily and decision-making process of a world phenomenon and of a company. Dr. Bak and Dr. De Serres are literally using the process of writing this series of books to plan and to brainstorm the birth of a bluechip. More than an intriguing story, this is the journey of 2 experienced entrepreneurs changing the world.

THE U.A.X STORY -072
THE ULTIMATE AUDIO EXPERIENCE
BY Dr. BAK NGUYEN

This is the story of the ULTIMATE AUDIO EXPERIENCE, U.A.X. Follow Dr. Bak's footstep on how he invented a new way to read and to learn. Dr. Bak brings his experience as a movie producer and a director to elevate the reading experience to another level with entertaining value and make it accessible to everyone, auditive, and visual people alike. Three years plus of research and development, countless hours of trials and errors, Dr. Bak finally solved his puzzle: having written more than 1.1 million words. The irony is that he does not like to read, he likes audiobooks! U.A.X. finally allowed the opening of Dr. Bak's entire library to a new genre and media. U.A.X. is the new way to learn and enjoy Audiobooks. Made to be entertaining while keeping the self-educational value of a book, U.A.X. will appeal to both auditive and visual people. U.A.X. is the blockbuster of the Audiobooks. The format has already been approved by iTunes, Amazon, Spotify, and all major platforms for global distribution and streaming.

THE VACCINE -077
BY Dr. BAK NGUYEN & WILLIAM BAK

In THE VACCINE, A TALE OF SPIES AND ALIENS, Dr. Bak reprise his role as mentor to William, his 10 years-old son, both as co-author and as doctor. William is living through the COVID war and has accumulated many, many questions. That morning, they got out all at once. From a conversation between father and son, Dr. Bak is making science into words keeping the interest of his son a Saturday morning in bed. William is not just an audience, he is responsible to map the field with his questions. What started as a morning conversation between father and son, became within the next hour, a great project, their 23rd book together. Learn about the virus, vaccination while entertaining your kids.

TIMING - TIME MANAGEMENT ON STEROIDS -074
BY Dr. BAK NGUYEN & WILLIAM BAK

In TIMING, TIME MANAGEMENT ON STEROIDS, Dr. Bak is sharing his secret to keep overachieving, overdelivering while raising the bar higher and higher. We all have 24 hours in a day, so how can some do so much more than others. Dr. Bak is not only sharing his secrets and mindset about time and efficiency, he is literally living his own words as this book is written within his last sprint to set the next world record of writing 100 books within 4 years, with only 31 days to go. With 8 books to write in 31 days, that's a little less than 4 days per book! Share the journey of a man surfing the change and looking to see where is the limit of the human mind, writing. In the meantime, understand his leverage, mindset, and secrets to challenge your own limits and dreams.

TO OVERACHIEVE EVERYTHING BEING LAZY -090
CHEAT YOUR WAY TO SUCCESS
BY Dr. BAK NGUYEN

In TO OVERACHIEVE EVERYTHING BEING LAZY, Dr. Bak retaking his role talking to the millennials, the next generation. If in the first tome of the series LAZY, Dr. Bak addresses the general audience of millennials, especially young women, he is dedicating this tome to the ALPHA amongst the millennials, those aiming for the moon and looking, not only to be happy but to change the world. This is not another take on how to cheat your way to success or how to leverage laziness, but this is is the recipe to build overachievers and rainmakers. For the young leaders with ambitions and talent, understanding TIME and ENERGY are crucial from your first steps writing your our legend. If Dr. Bak had the chance to do it all over again, this is how he would do it! Welcome to the Alphas.

TORNADO -067
FORCE OF CHANGE
BY Dr. BAK NGUYEN

In TORNADO - FORCE OF CHANGE Dr. Bak is writing solo. In the midst of the COVID war, change is not a good intention anymore. Change, constant change has become a new reality, a new norm. From somebody who holds the title of Industries' Disruptor, how does he yield change to stay in control? Well, the changes from the COVID war are constant fear and much loss of individual liberty. Some can endure the change, some will ride it. Dr. Bak is sharing his angle of navigating the changes, yielding the improvisations, and to reinvent the goals, the means to stay relevant. From fighting to keep his companies Dr. Bak went on to let go the uncontrollable to embrace the opportunity, he reinvented himself to ride the change and create opportunities from an unprecedented crisis. This is the story of a man refusing to kneel and accept defeat, smiling back at faith to find leverage and hope.

TOUCHSTONE -073
LEVERAGING TODAY'S PSYCHOLOGICAL SMOG
BY Dr. BAK NGUYEN & Dr. KEN SEROTA

TOUCHSTONE, LEVERAGING TODAY'S PSYCHOLOGICAL SMOG is mapping to navigate and to thrive in today's high and constant stress environment. After 40 years in practice, Dr. Serota is concerned about the evolution of the career of health care professionals and the never-ending level of stress. What is stress, what are its effects, damages, and symptoms? If COVID-19 revealed to the world that we are fragile, it also revealed most of the broken and the flaws of our system. For now a century, dentistry has been a champion in depression, Drug addiction, and suicide rate, and the curve is far from flattening. Dr. Bak is sharing his perspective and experience dealing with stress and how to leverage it into a constructive force. From the stress of a doctor with no right to failure to the stress of an entrepreneur never knowing the future, Dr. Bak is sharing his way to use stress as leverage.

À PROPOS DES AUTEURS

Du Canada, le **Dr Bak NGUYEN**, nominé Entrepreneur de l'année Ernst & Young, Grand Hommage à Lys DIVERSITÉ, LinkedIn et TownHall, Achiever of the year et TOP100 docteurs du monde. Le Dr Bak est un dentiste cosmétique, PDG et fondateur de Mdex & Co. Son entreprise révolutionne le domaine dentaire. Conférencier et motivateur, il détient le record du monde d'écriture de 100 livres en 4 années, accumulant de nombreux records mondiaux (à être officialisés). Ses livres couvrent les sujets:

- **ENTREPRENEURSHIP**
- **LEADERSHIP**
- **QUÊTE D'IDENTITÉ**
- **DENTISTERIE ET MÉDECINE**
- **ÉDUCATION DES ENFANTS**
- **LIVRES POUR ENFANTS**
- **PHILOSOPHIE**

En 2003, il a fondé Mdex, une entreprise dentaire sur laquelle, en 2018, il a lancé l'initiative privée la plus ambitieuse afin de réformer l'industrie dentaire à l'échelle du Canada. Philosophe, il a à cœur la quête du bonheur des personnes qui l'entourent, patients et collègues. En 2020, il a lancé une initiative de collaboration internationale nommée les **ALPHAS** pour partager ses connaissances et pour que les entrepreneurs et les professionnels dentaires puissent se relever de la plus grande pandémie et dépression économique des temps modernes.

Ces projets ont permis au Dr Bak d'attirer les intérêts de la communauté internationale et diplomatique. Il est maintenant au centre d'une discussion mondiale sur le bien-être et l'avenir de la profession de la santé. C'est à ce propos qu'il partage ses réflexions et encourage la communauté des professionnels de la santé à partager leurs histoires.

"Ça ne vaut pas la peine de marcher seul! Ensemble, on peut y arriver."

Pour soutenir la créativité et le partage de la sagesse et la croissance personnelle, le Dr Bak dirige également l'avancement de l'Intelligence artificielle chez Emotive Monde Incorporé. En intégrant l'intelligence artificielle, le design et l'édition à son flux de production, Emotive Monde est un leader mondial dans les univers de publication et de production d'histoires et de livres.

Les livres édités sont distribués par Amazon, Barnes & Noble, Apple Livres et Kindle. La société produit aussi des livres audio, nouvellement intégré en format combo pour les achats de copie papiers distribuées par Amazon et Barnes & Noble.

Sous la direction du Dr Bak, Emotive Monde a lancé le protocole Apollo, permettant aux auteurs d'écrire des livres en 24 heures de temps de travail, le protocole Echo, pour produire des livres audio comme celui-ci, et également de créer et de produire des blockbusters de livres audio, **U.A.X.** (Ultimate Audio Experience) en streaming sur Apple Music, Spotify et tous les principaux distributeurs musicaux.

Le Dr Bak, avec son implication dans Emotive Monde, encourage la voix individuelle des auteurs du monde et les aide à atteindre leurs marchés et leur public. Oui, le Dr Bak est un auteur, mais à travers Emotive Monde, il est également une maison d'édition et un studio de production.

Conférencier motivateur et entrepreneur en série, philosophe et auteur, de ses propres mots, le Dr Bak se décrit comme un dentiste par circonstances, un entrepreneur par nature et un communicateur par passion.

Il détient également des distinctions du Parlement canadien et du Sénat canadien.

Du Canada, **William Bak**, est un jeune prodige de 11 ans. À l'âge de 8 ans, il a co-écrit une série de livres pour enfants avec son père, le Dr Bak. Père et fils, ensemble, ils changent le monde, un esprit à la fois, en écrivant des livres pour enfants. William a, jusqu'à présent, co-écrit 28 livres.

Il a co-écrit les 11 livres de poulet en ANGLAIS, puis il a dû les traduire lui-même en FRANÇAIS. C'est ainsi qu'il a 22 livres de poulet. William a également co-écrit 2 livres sur l'éducation des enfants avec son père, **THE BOOK OF LEGENDS** volume 1, 2 et 3. En pleine crise sanitaire mondiale, William a de nouveau joint forces avec son père pour écrit un livre sur la vaccination, cette fois-ci encore, dans les 2 langues, Anglais et Français. Ce livre a aussi été traduit en Espagnol.

En 2022, William a co-écrit avec son père les 2 premiers livres de la nouvelle franchise de 9 livres : LEGENDS OF DESTINY. Il a aussi co-écrit la franchise des contes de Noël, AU PAYS DES PAPAS qui comprend 2 livres. Entre temps, William a aussi écrit son premier livre solo, PAPA J'SUIS PAS CON.

Pour promouvoir ses livres, William a embrassé la scène pour la première fois en 2019 pour parler à une foule de plus de 300 personnes. Depuis, il est apparu dans de nombreuses entrevues pour parler de ses livres et projets à venir.

Au milieu du COVID, il s'est ennuyé et a commencé son YOUTUBE CHANNEL: **GAMEBAK**, passant en revue les jeux vidéo. Fin 2020, il a rejoint les ALPHAS en tant que plus jeune animateur du prochain mouvement mondial, **COVIDCONOMICS**, dans lequel il donnera son point de vue et accueillera les opinions de sa génération.

> "Je vais vous montrer. Je ne vais pas vous forcer.
> Mais je ne vous attendrai pas."
> - William Bak and Dr. Bak

En Écrivant avec son père, William détient des records du monde à officialiser:

- Le plus jeune auteur qui a écrit dans 2 langues
- Co-auteur de 8 livres en un mois
- Le premier enfant à avoir écrit 24 livres pour enfants

ULTIMATE AUDIO EXPERIENCE

Une nouvelle façon d'apprendre tout en se divertissant grâce aux films-audio. UAX est plus qu'un livre audio, ils ont été conçus afin de stimuler l'imaginaire afin de garder l'intérêt du public, même des gens visuels. Les UAX ont été conçus pour divertir tout en conservant le caractère éducatif des livres. Les film-audio UAX sont les blockbusters de l'univers des livres Audio.

La bibliothèque du Dr. Bak sera rendue disponibles en format UAX au cours des prochains mois. Des négociations sont aussi entamées pour ouvrir le format UAX à tous les auteurs désirant élargir leur audiences.

Découvrez l'expérience UAX dès aujourd'hui en streaming sur Spotify, Apple Music ainsi que chez tous les grands distributeurs de musiques digitales.

AMAZON - BARNES & NOBLE - APPLE BOOKS - KINDLE
SPOTIFY - APPLE MUSIC

C O M B O
PAPERBACK/AUDIOBOOK
ACTIVATION

Please register your book to receive the link to your audiobook version. Register at:
https://baknguyen.com/papas1-registry

FROM THE SAME AUTHOR
Dr. Bak Nguyen

www.Dr.BakNguyen.com

MAJOR LEAGUES ACCESS

FACTEUR HUMAIN -035
LE LEADERSHIP DU SUCCÈS
par Dr. BAK NGUYEN & CHRISTIAN TRUDEAU

THE RISE OF THE UNICORN -033
BY Dr. BAK NGUYEN & Dr. JEAN DE SERRES

CHAMPION MINDSET -039
LEARNING TO WIN
BY Dr. BAK NGUYEN & CHRISTOPHE MULUMBA

THE RISE OF THE UNICORN 2 -076
eHappyPedia
BY Dr. BAK NGUYEN & Dr. JEAN DE SERRES

BRANDING -044
BALANCING STRATEGY AND EMOTIONS
BY Dr. BAK NGUYEN

BUSINESS

CHILDREN'S BOOK
with William Bak

The Trilogy of Legends

THE LEGEND OF THE **CHICKEN HEART** -016
LA LÉGENDE DU COEUR DE POULET -017
BY Dr. BAK NGUYEN & WILLIAM BAK

THE LEGEND OF THE **LION HEART** -018
LA LÉGENDE DU COEUR DE LION -019
BY Dr. BAK NGUYEN & WILLIAM BAK

THE LEGEND OF THE **DRAGON HEART** -020
LA LÉGENDE DU COEUR DE Dr.AGON -021
BY Dr. BAK NGUYEN & WILLIAM BAK

WE ARE ALL **DRAGONS** -022
NOUS TOUS, DRAGONS -023
BY Dr. BAK NGUYEN & WILLIAM BAK

THE **9** SECRETS OF THE **SMART CHICKEN** -025
LES 9 SECRETS DU POULET INTELLIGENT -026
BY Dr. BAK NGUYEN & WILLIAM BAK

THE SECRET OF THE **FAST CHICKEN** -027
LE SECRETS DU POULET RAPIDE -028
BY Dr. BAK NGUYEN & WILLIAM BAK

THE SPIES AND ALIENS COLLECTION

ALPHA DENTISTRY vol. 1 -113
DIGITAL ORTHODONTICS FAQ INTERNATIONAL EDITION
ENGLISH 🇪🇸 SPANISH GERMAN HINDI 🇨🇦 FRENCH
BY Dr. BAK NGUYEN, Dr. PAUL OUELLETTE, Dr. PAUL DOMINIQUE, Dr. MARIA KUNSTADTER, Dr.
EDWARD J. ZUCKERBERG, Dr. MASHA KHAGHANI, Dr. SUJATA BASAWARAJ, Dr. ALVA AURORA, Dr.
JUDITH BÄUMLER, and Dr. ASHISH GUPTA

KISS ORTHODONTICS -105
BY Dr. BAK NGUYEN, Dr. PAUL OUELLETTE
WITH GUEST AUTHORS Dr. RYAN HUNGATE and Dr. MAHSA KHAGHANI

QUEST OF IDENTITY

IDENTITY -004
 THE ANTHOLOGY OF QUESTS
BY Dr. BAK NGUYEN

HYBRID -011
THE MODERN QUEST OF IDENTITY
BY Dr. BAK NGUYEN

LIFESTYLE

HORIZON, BUILDING UP THE VISION -045
VOLUME ONE
BY Dr. BAK NGUYEN

HORIZON, ON THE FOOTSTEP OF TITANS -048
VOLUME TWO
BY Dr. BAK NGUYEN

PARENTING

SOCIETY

TEEN'S FICTION

with William Bak

LEGENDS OF DESTINY

THE POWER OF YES

THE POWER OF YES 2 -037
VOLUME TWO: SHAPELESS
BY Dr. BAK NGUYEN

THE POWER OF YES 3 -046
VOLUME THREE: LIMITLESS
BY Dr. BAK NGUYEN

THE POWER OF YES 4 -087
VOLUME FOUR: PURPOSE
BY Dr. BAK NGUYEN

THE POWER OF YES 5 -091
VOLUME FIVE: ALPHA
BY Dr. BAK NGUYEN

THE POWER OF YES 6 -092
VOLUME SIX: PERSPECTIVE
BY Dr. BAK NGUYEN

TITLES AVAILABLE AT
www.Dr.BakNguyen.com

AMAZON - APPLE BOOKS - KINDLE - SPOTIFY - APPLE MUSIC

Depuis qu'il a marqué le record mondial d'avoir écrit 100 livres en 4 ans, Dr. Bak a décidé d'ouvrir son entière collection de livres audio et d'albums UAX aux membres VIPs pour un montant de

9.99$/mois.

Accédez aux livres audios en parallèle à leur écriture et soyez parmi les premiers à découvrir les prochains livres du Dr. Bak. Abonnez-vous dès aujourd'hui!

http://drbaknguyen.com/members

Bienvenu(e)s aux Alphas.

DR.

Bak Nguyen